カロリーは引いてください！
～学食ガールと満腹男子～

日向夏

富士見L文庫

カロリーは引いてください

～学食ガールと満腹男子～

Please cut calories!

もくじ

GAKU-SHOKU Girl and MAN-PUKU Boy

一、大根餃子と巨漢な彼と

0

冷たい廊下を楓《かえで》はかける。手には大きなマグカップ、中には温めたミルク。蜂蜜《はちみつ》とちょっとだけ入れたすりおろし生姜《しょうが》。

広いお屋敷の長い廊下を抜けた先にある部屋を楓は覗《のぞ》き込む。大きなお座敷には立派なお布団が一組敷かれていた。

楓はそこに眠る少年を見る。細い輪郭、頬は林檎《りんご》色をしていた。風邪をひいているだけと聞いたのに、随分息が苦しそうだ。広い部屋のせいで逆に空気が乾燥している気がする。

「ねえ」

ぺちぺちと楓は少年の頬を叩《たた》く。少年はゆっくり目を開ける。女の子みたいな顔で、このお屋敷のお坊ちゃんだと知っている。名前は雪人《ゆきひと》といい、本来なら楓がこうして部屋まで会いに来ることは許されない。楓は使用人の娘だからだ。

「かえで、おねえ、ちゃん？」

「きつい？」

楓はおでこに手を当てる。やはり熱い。雪人はゴホゴホと咳《せき》をした。

「飲む？」

楓はホットミルクを差し出す。雪人は顔をしかめているが、楓がじっと見るので仕方なく受け取る。

「ごはん、食べてないでしょ。ちょっとだけ、一口だけ飲んで」

雪人はカップに口をつけて、目を丸くする。

「あまくて、ちょっとぴりぴりする」

「ぴりぴりが身体にいいの、あったまるから」

一口だけと言ったけど、雪人はカップの半分まで飲んだ。

「早く良くなってよね。ごはんいっぱい食べられるように」

「うん」

雪人を布団にまた寝かせ、肩までかけると楓はまたぱたぱたと廊下を走った。

手間のかかるお坊ちゃんは、楓にとっては弟そのものだった。

1

長袖《ながそで》から半袖に変わり始める季節。

あれから何年たっただろうか。楓は、遠い過去を思い出しながら朝食を用意する。軽いトーストにバターを少し、サラダに生ジュース、昨日作り置いていたビシソワーズ。楓は満足げにトレイにのせて運ぶ。テーブルの上に一つずつのせて、新聞を読む青年に微笑みかけ、キッチンからリビングへと向かう。

「朝食できたよ、朝生《あそう》くん」

新聞をそっと下ろす青年は、楓が用意した朝食を見て、そして——。

「足りません」

と言ってのけた。楓の頬が引きつる。

「確か、冷蔵庫に昨日の残りのカツレツがあったと思うので、それをいただけませんか？ご飯はちゃんと炊飯器にセットしていますのであるはずです」

丁寧な口調でピシッと眼鏡を人差し指で押さえる。まるでウインナーのような指に、レンズの奥には細い目が見える。

「……トースト二枚もあれば、朝食は十分じゃない？」

「いえ、朝はご飯が基本です」

「でも、もう食べてるじゃない」

朝生はモグモグと口を動かしている。バターはひとかけを皿の端に置いていたはずなのに、いつの間にか冷蔵庫の中からジャムを取り出してべったり塗っている。

(糖分過多……)

胸やけしそうな塗りたくり方に、楓は思わず目を細める。トーストの詰まった頰は餅《もち》のような弾力があり、十九歳の青年というより小学生のもち肌を思わせる。妙に色艶《いろつや》のいい肌に嫉妬《しっと》してしまうときもあるが、その輪郭までは羨《うらや》ましいとは思わない。

朝生の食べっぷりを見ていればわかるだろう。彼の体形は、婉曲《えんきょく》的に言えばふくよかな、はっきり言えばおデブだった。朝食をさらっと平らげた朝生は炊飯器へと向かう。

「ストップ!」

「楓さん、止めないでください」

またもやいつの間にかしゃもじと丼ぶりを持った朝生が言った。その身長百七十五センチ、楓より十五センチ大きく、体重に至っては二倍以上差がある。朝日を背にした朝生の前に立ちはだかる。自分がどんなに矮小《わいしょう》な生き物かわかっているが、ここは譲れない。

「呼んでるんですよ。ホカホカに炊きあがったご飯が! 圧力の釜《かま》炊きの五合が!」

「五合は炊きすぎ! 二千五百キロカロリーオーバー!」

「ふっ、僕の体重から換算すると基礎代謝程度ですよ」

何故かカッコつける朝生。そして、まるでプロバスケ選手のような動きで、楓のディフェンスをかいくぐる。あの体形でどうやってすり抜けたのだろうかという疑問とともに、炊きたてのご飯は朝生によってよそわれた。

そして、眼鏡を湯気で曇らせながら朝生は言ってのける。

「楓さん、日本人として米の消費は増やすべきだと思うんですよ。日本の農業にはもっと頑張ってもらいたい。僕はそれを応援したい！」

キリッとした顔で、丼ぶりを持ったままだ。

「ふりかけかけながら言わない！」

「食べないと持たないんです！　授業中お腹が鳴ったらどうするんですか！」

「そんな女子中学生みたいな悩み持たなくていい！　鳴らしておけ！」

「ひどい！」

朝生はそう言いながらご飯を頬張る。頬が幸せそうに緩む。身長差から楓の手が丼ぶりに届くわけがない。

というわけで。朝食、三千キロカロリーオーバー。成人男性の一日の摂取カロリーを一食で超えてしまった。

また、ダイエットから一歩遠のいたのを確認したところで、そろそろ仕事の時間だった。

「ああ、もう行ってくるから！　授業遅れないようにね！」

楓は慌ててエプロンを脱ぐと、鞄《かばん》を持って出ていく。

「いってらっしゃーい」

邪魔者がいなくなったところで、朝生はゆったりとご飯を食べるのだろう。

「おじゃましましたー」

楓はあくまで訪問者として、部屋を出る。部屋番号は『901』、楓の部屋は『303』、決して一緒に住んでいないことだけは言っておく。

そうだ、楓が朝生の食事を作る、それはここ二年ほどの日課になっていた。幼馴染《おさななじみ》の家に朝食を作りに行く光景、マンガのような光景とはいささかかけ離れている。はっきり言ってしまえば、家賃の代わりにご飯を作ってやっているだけだ。朝生の家は金持ちであり、今のマンションは朝生の母親の名義なのだ。いわば、おさんどんとして雇われているようなものだが、契約自体は悪くない。

楓は昔から料理が好きで、二年前、専門学校に進学を決めた。その時、下宿先を提供する代わりにご飯を作らないかと言ったのが朝生の母親だ。専門学校に入る時、楓に連絡を入れてきたのは朝生の母親であり、昔、父が働いていたお屋敷の若奥様だった。渡りに船ということで楓は承諾した。そして、久しぶりに会った幼馴染を見て、楓は呆然《ぼうぜん》とした。

（なんでああなった）

他にどんな感想が浮かぶというのだ。十年前は、病弱で食べることが苦手な美少年だったのに。何がどう間違って雪人という薄幸の美少年は、朝生というアクティブな巨漢になったのだろう。離れていた七年ほどの間に、彼に何が起きたのだろう。実に不思議だった。

久しぶりに会った朝生の母親が楓に詰め寄るように言った言葉を思い出す。

「ねえ、あの子がこれ以上太らないように見ていてくれない？」

半分諦《あきら》めに聞こえてしまった。一体どんな苦労があったのだろうか。

（つまりあわよくばダイエットさせてと）

半ば監視係として、楓は朝生の食事係になった。そして、専門学校を卒業した後も、就職先を近場で決めたこともあって今もおさんどんは続いている。

2

都内より通勤一時間圏内、いつもクタクタに疲れて帰ってくるサラリーマンたちの住居が立ち並んでいるホームタウンに楓が勤める大学がある。そこそこの歴史を持つそこそこの私立大学、楓の勤務先はそこにある二つの学生食堂のうちの一つだ。楓は栄養士としてこちらで働いている。

「唐揚げ定食一つ！」

「あっ、ご飯大盛で。あと小鉢切れてんだけど追加ない？」

「かつ丼お願いしまーす」

平日、十二時を過ぎた学生食堂は戦場だ。近くに手頃な食事処がないため、学生たちの昼ごはんの選択肢は少なく、いつも満員だ。

「あー、楓ちゃーん。豚肉無くなっちゃった！」

「わかりました。トンカツ品切れで、代わりにチキンカツ推してください」

パートさんとのやり取りは慣れている。正社員として働き始めたのは、今年の四月からだが、元々バイトとして調理していた。採用してもらったのにはそれも関係している。

（豚肉追加しておかないと。他に足りないものは）

手を動かしながら、仕入れも考える。毎日、同じ数だけ材料が減れば簡単なのに、と唇を尖《とが》らせたくなるが仕方ない。

「楓ちゃん。そういえば広崎《ひろさき》さんがシフトの相談したいって、昨日言ってたわよ」

「わかりました」

広崎とは先輩社員だ。学生食堂は大きく、パートも二十人近くいるが、正社員は楓と広崎の二人だけだ。書類上はもう一人いるのだが、他所《よそ》に応援に行ったきり帰ってこない。

季節は六月末。七月に入ればテストで、終わったらすぐ夏休みに入る学生も多い。休みのシフトは難しいらしい。広崎も頭を抱えているだろう。

「楓ちゃーん、チキンカツ無くなっちゃったー」

「はーい」

作り置きのカツを油で揚げる準備をしつつ、使えるパートさんが誰か算段する。衣を落として油がいい温度になったところでチキンカツを入れる。

(若者は好きだねえ)

あっさりした物のほうが楓は好みだが、油ものの消費が多いのは否めない。前に作った渾身《こんしん》の出来の煮物は、売れ行きが悪かった。パートのおばさまたちには大好評だったのに。

シフトもそうだがメニューも考えておかないといけない。夏休みは人員の関係から作り置きが主体となるし、食中毒対策も必要だ。

「楓ちゃん、お米追加注文しておいてー。無くなるよー」

「はーい」

きつね色に揚がったチキンカツの油を切りながら、楓は返事した。

「やっとひと段落」

十四時を過ぎたらようやく手が空《す》いてきた。客が引き、たまった洗い物も片付いてきた。激戦を乗り越えた戦友のパートさんたちは、食堂の隅っこで賄いを食べている。時給八百五十円、この地方ならもう少しいいパート代の場所はいくらでもある。でも、夕方までに帰れて、なおかつ賄いがついていて、物によっては食材お持ち帰りもできるという点では、主婦の皆さまに受けがいい。シフトも子どもの長期休みに合わせられるからいいと聞いた。

一方で主婦のかたばかりで、同年代がいないのが寂しいという意見も楓にはある。いや、学生食堂なので同年代はいるにはいるのだが、それとこれとは別だと言っておこう。

足りない物の発注準備をし、賄いを食べ終えたパートさんが戻ってきたところでようやく遅い昼食にありつける。楓は、ほつれた髪を結びなおし、手を洗う。

「おつかれー」

「おつかれさまです」

まだ残っているパートさんたちのところにチキンカツ丼を持っていく。運動量に対してカロリーが足りないので、さらに揚げ出し豆腐もつける。

(今日は何がいいかなあ)

楓は考えながら、メモ帳を取り出す。仕事が終わったら終わったで、違う仕事が楓に待ち構えている。メモ帳には食材の残りをメモしている。お米が少なかった。朝から五合も炊くからだ。こちらも注文しておかないといけない。

今残っているパートさんは、今日はもう仕事終わりで、夕食の準備までの束の間の時間をおしゃべりで楽しんでいる。内容は旦那《だんな》の愚痴や子どもの話、それから食堂に来る学生の話がほんの少し。楓はそれに相槌《あいづち》を打ちながら、もぐもぐと丼ぶり飯を吸収していく。

ふとパートさんの一人が食堂の入口に目をやった。

「団体さんかしら？」

たまに、ずれた時間を狙って学生が来るのだ。楓はゴクンとご飯を飲み込んで席を立つ。屈強な体育会系の集まりのようだ。

しかし、団体さんは自販機でジュースを買うだけで、食事を頼もうとはしなかった。人気の少ない隅っこの席に陣取っている。

「会議かなあ」

「だろうねえ」

パートさんの言葉に、楓はもう一度椅子に座った。学生食堂は、その成り立ちから非営利に近いので、食事を注文しなくても誰も文句は言わない。なので、部活やサークルが話し合いの場として利用することも多い。

「何部かなあ。体格いいのそろってるわね」

「女の子一人いるけどマネージャーかしらん？」

「雰囲気的に、サークルというより部活よね。日焼けしてないし、室内競技かしらねえ。身長的にバスケやバレーって雰囲気でもないし、空手とか柔道ってところかしら」

おばさまたちの推理は冴《さ》えわたっている。楓は驚きつつ、心の中で拍手した。正解は柔道部。この大学の柔道部は、黒帯の有段者が多く強いらしい。

なぜ楓が正解を知っているかといえば。

「トンカツは売り切れですか？　では、カレーを大盛でお願いします」

一人、空気を読まずに食事を注文する者がいる。体格のいい団体の中で、ひと際恰幅《かっぷく》のいい人物だ。体格と行動を考えると、どう考えても『巨漢』なのだが、ゆるい恰好の多い学生の中でピシリと服を着こなしているためか、だらしなさは感じない。

しかし、スパイスの匂いをまき散らしながら、話し合いの場に戻るのはどう見ても場違いだ。その巨漢が誰かと言えば、朝生だ。朝生もまた楓と同じ大学に通っている。違うのは職員ではなく学生という点だ。

（なに話しているのか）

気になるが顔色は変えない。楓と朝生の関係は大学では無関係で通っている。そのほうが無難だ。一応楓は大学の食堂で雇われた社員であり、金銭を貰《もら》っていないとはいえ、朝生の家でも食事を作っていることは黙っていたほうがいいと思ったのだ。契約上、ダブルワークは原則禁止になっているからして。そんなことより楓の頭の中は、今日の夕飯のことと、明日の学食の下ごしらえでいっぱいだった。

3

（仕事終わったー）

楓は家路につく途中、スーパーに立ち寄ることにした。カートを押しながら、野菜売り場から回っていく。アスパラが手頃な値段で売っている。学生向けなのか、小量売りが多い。

（豚バラで巻こうか、エノキと一緒に。脂多いからちょっと茹《ゆ》でてから巻こうかな）

そんな感じでメニューを考えながら、食材を選んでいく。ちょうど豚肉がタイムセールだった。豚バラと豚ひき肉を購入する。

（大根があったかかな。片栗粉は買わなきゃ）

在庫と照らし合わせながら、カートに食材を突っ込んでいく。果物売り場には、季節の果物が並んでいた。今はベリー系が多い。

国産のサクランボがまさに赤い宝石みたいな値段がついているのに対し、黒い外国産はその半分以下の値段で売られている。楓は悩みつつ、サクランボはあきらめてキウイフルーツをカートに入れる。レジに並ぶ頃には、けっこうな量になった。

「楓さん」

マンションの前で聞き慣れた声がした。朝生が後ろからやってくる。さっと、楓が持っている荷物を持ってくれたのは高得点を与えていい。紳士的に育ったのはプラスだ。

「今日の夕飯何ですか？」

「豚バラの肉巻きと餃子《ギョーザ》」

朝生の拳《こぶし》がグッと結ばれた。この年頃の男子は本当に肉が好きだ。もっとも、昨日楓が野菜オンリーの精進料理みたいなメニューを作ったせいかもしれない。味は悪くなかったと思うが動物性たんぱく質を取りたいのだろう。

（身体にいいのに）

ベジタリアンというほどではないが、楓は野菜が好きなので料理によく使う。また、魚や鶏肉《とりにく》といったあっさりしたたんぱく質を好むので、牛、豚は朝生にとって当たりなのだ。

「てっきり、今日の朝ごはんの分、カロリー減らされるかと思いました」

「忘れてた」

過剰摂取したカロリーのことを思い出し、怒りがふつふつと湧き出してくる。朝生はしまった、と身体をのけぞらせる。しかし、食材を買ってきた以上、もう使いきるつもりだ。冷蔵庫に肉を保存していたとしても、朝生に勝手に食べられるなら、楓が調理しておいたほうがましである。代わりにこき使ってやろうと、楓は思う。

「朝生くん」

「はい？」

「私はエレベーターで、朝生くんは階段ね。どっちが早く部屋につくか勝負ね」

ダイエットの一環だ。カロリーを消費するのだ。燃やせ脂肪、上げろ基礎代謝。

「はい、スタート」

楓はパンッと手を打つと、エレベーターに向かって走った。朝生は、なんだか腑《ふ》に落ちない顔をしながらも階段に向かう。なんだかんだで素直なところは嫌いじゃない。

エレベーターは誰かのせていたらしく来るまでに時間が少しかかった。乗ると九階のボタンを押す。エレベーターを降りてすぐが朝生の部屋だ。楓は降りるなり、むすっとする。

「なんでもうついてるの？」

朝生はすでに部屋の前にいて、家の鍵《かぎ》を開けている最中だった。

「僕は機敏なデブなので」

不思議なことに朝生は二文字のネガティブワードを肯定的に使う。実に悔しい。

朝生の部屋は、同じマンション内でも一番広い間取りだ。4LDKファミリー向けの作りになっている。朝生が荷物をキッチンに置く。対面式のお洒落《しゃれ》なキッチンは、自宅でお料理教室を開けそうな雰囲気だ。キッチン自体も楓の部屋の物より大きいから使いやすく、いつもこちらで調理をしている。

「朝生くん手伝って」

「はい」

「じゃあ、ご飯炊くからお米といでおいて。三合よ！」

「ええっと、せめて四合……」

「三合！　減らすよ！」

「……はい」

しぶしぶ返事をする朝生に、楓は昇降式の収納からボウルを取り出す。冷蔵庫からキャベツと薬味を取り出し、調味料も出す。ニンニクでも良かったが、明日も大学があるので薬味は生姜《しょうが》に変更する。

「ニラ買ってくれればよかったかな」

今更言っても仕方ない。醤油《しょうゆ》や酒、ゴマ油に塩コショウを少々、ボウルの中でかき混ぜるとそこに買ってきたひき肉を入れる。

「はい、混ぜて」

使い捨て手袋を渡す。大きめで伸びる素材なので朝生の手でもなんとか入るだろう。

「了解」

朝生がこねこね混ぜている間に楓は野菜を切る。大根をスライサーで薄く切り、キッチンペーパーを敷いたバットの上に広げる。塩を振り、キッチンペーパーを上に置き、また上に薄切り大根を置くの繰り返し。しばらく、それは置いておく。生姜をすりおろし、朝生の混ぜているひき肉に入れる。順番を間違えた気もするが、よくこねれば大丈夫だろう。キャベツを素早くみじん切りにして、ひき肉にさらに追加する。

「いつまで混ぜればいいですか？」

「キャベツがまんべんなく混ざったらいいよ」

「皮で包まなくていいですか？　皮ありましたっけ？」

マイバッグを見ながら朝生が言った。皮はうどん粉があればすぐ作れるが、何のために楓が大根をスライスしたのか。

「皮はこれ」

塩で水分がにじみ出てきたスライス大根を摘《つ》まむ。それをまとめて絞って、まな板に広げると片栗粉を振りかけた。

「ええっと、大根ですよね？　それ」

「うん」

楓は朝生からタネが入ったボウルを受け取ると、片栗粉をまぶした大根に包み始める。

「はい、包んで包んで。本物の餃子の皮みたいにウネウネしなくていいから挟むだけ。大体これくらいで」

楓は一個見本を作って見せて、まな板の上に置いた。

「わかりました」

朝生に餃子包みを任せたところで、楓はフライパンを取り出す。フライパンに軽く油をひき、火をつける。朝生が包んだ餃子を円形に並べる。

「羽根つけてください！」

朝生のリクエストもあり、楓は片栗粉を取りだした。それを計量カップに入れて水で溶く。フライパンに流し込んで蓋《ふた》をする。

「上手《うま》く出来るかわかんないよ」

「はい」

楓は蒸し焼きしている間に、鍋《なべ》で湯を沸かす。買ってきたアスパラとエノキ、それから冷蔵庫を漁《あさ》ってでてきたゴボウを均等に切っていく。湯が沸いたら豚バラ肉をさっと湯通しする。脂が湯に浮かぶ。

（本当はそのまま焼いたほうが美味《おい》しいんだけどね）

しかし、豚バラは脂が多い。仕方ないのだ。脂を落とした豚バラ肉に切った野菜を巻いていく。つまようじを刺して固定する。味付けは軽く塩コショウのみだ。

「朝生くん、ほら手が止まっている」

「はい」

肉巻きに見とれていた朝生を注意する。

フライパンの餃子が焼けているようで、羽根がパリパリになっていた。楓は、大きな皿とフライ返しを持ってくると、羽根ごとそのまま皿に移す。

「一つ味見させてくれませんか？」

「朝、ご飯を食べすぎたから駄目です」

フライパンの湯気で朝生の眼鏡は曇っていたが、きっとレンズの奥は悔しそうに細められていただろう。ごくんと唾《つば》を飲み込む音が聞こえる。

さてさて、炊飯器の早炊きモードが終了したようで、ご飯の匂いも漂ってくる。

「朝生くん、包み終わったら茶碗《ちゃわん》用意して」

その間に楓は、簡単にスープを作る。あっさりとわかめスープゴマ入りだ。

「よし、完成！」

肉巻きも餃子も全て焼き終わり、朝生は眼鏡の奥をきらきらさせている。

リビングにはすでに食器が準備され、冷蔵庫の中に保管していた常備菜も出ている。テーブルには茶碗と取り皿が二人分置いてある。ちゃんと餃子につける酢醤油とラー油も準備されている。お茶と湯飲みもある。どれだけ早く食べたいのだろう。

「楓さん、早く早く」

少年のような瞳《ひとみ》をした巨漢が椅子を引いている。育ちがいいのか妙に決まっていて、執事のようだ。ただし体形をのぞく。

（痩《や》せたら絶対モテるのに）

昔は痩せていたのに、いつからだろう、こんな体重が三桁《けた》もあるように太ってしまったのは。出会った頃はむしろ心配になるくらい細かったのに。

（もっとおどおどした性格だったのにな）

ふと小学校時代の姿を思い出す。女の子みたいにまつ毛が長い男の子だった。

しかし、当の朝生は太ったことに対してかなり前向きにとらえているようだ。ふっくらとした体形がいい方向に動いているのか、人望も厚いようでよく相談事も受けるらしい。

でも、今日の会議の場面を見ると、その時の態度はいただけないなと楓は思い出した。

楓は「いただきます」と手を合わせて、わかめスープを食べる。食べながらじっと朝生を見る。朝生は迅速かつ機敏かつ正確に、夕飯を胃袋に収めていた。

「朝生くん、話し合いの最中にカレーの匂いをまき散らすのはどうかと思う」

思わず苦言を漏らしてしまった。朝生は餃子から楓へと視線をやる。

「ああ、見ていたんですね」

「覗《のぞ》きじゃないからね。仕事だからね」

楓は大根餃子を口に運びつつ言った。大根の皮が片栗粉によってもっちりと不思議な触感を作っている。具材も薬味が効いていて美味しい。パリッとした羽根に、あふれる肉汁もたまらない。

「食堂で話してるんだもの」

別の場所ならともかく学食は楓のホームなので、見ていたとしてもおかしくない。

「あれは別に話し合いでもなんでもないですよ」

朝生は視線を餃子に戻すと、平坦《へいたん》な口調で言った。

「柔道部の集まりじゃないの？」

「メンバーは柔道部メインですね。女性が一人いたでしょ、彼女だけ違います」

屈強な男たちの中に女性が一人、彼女がマネージャーでもないなら何だろうか。

「ストーカーに狙われていると相談に来たんですよ」

モグッと餃子を口に入れ、朝生の目が緩やかにほころぶ。話す内容の割に、その表情は幸せそのものだ。

「えっ？　それって深刻じゃないの？」

楓はびっくりして、酢醤油が入った小皿を落としそうになった。

「深刻ですねえ。あまり状況が分かってないから」

紳士的な朝生には珍しく冷めた口調だった。女性が相談相手ならもう少し親身になっていてもおかしくないのに。さらに相談中にカレーを食べていたくらいだ。

「誰かにつけられていると相談を受けたのは、柔道部の部長なんですよ。高校時代の後輩の女の子で。相談を受けたのはいいが、これは大変だ、と他の部員を巻き込みだして、あの騒ぎに。静かに相談したかったようですけど、さらに相手が可愛い子だったので……」

「……それって」

楓はご飯を頬張りながら唸《うな》る。ストーカー云々《うんぬん》が本当かどうかはわからないけど、楓が女だからこそ嗅《か》ぎつけることもある。

「その部長って鈍感？」

「楓さんは察しがいい」

朝生の言葉で納得した。きっと、相談した女の子は部長とやらに守ってもらいたかったはずだ。なのに、どういうわけか大騒ぎになりあんな集団での話し合いになると、もう引っ込みがつかない。朝生が一人、カレーを食べていた理由もわかる。むしろ、それくらい無関心でいてくれたほうが、相手の女の子としても気楽だったはずだ。

「って、ストーカーって本当なの？」

楓が単刀直入に言うと、朝生はゴクンとお茶を飲みながら首を傾げる。

「よくわからないんですよね。誰かにつけられている気がする、とだけ言われても。うちの大学でも年に何件かそういう案件がありますし」

楓も聞いたことがある。学生課に用があって向かうと、とてもきれいな女子学生が相談をしていた。あれだけ綺麗《きれい》ならストーカーにあってもおかしくないと思った。

「物的証拠は？」

「何度かゴミを漁られたと言っていましたけど、カラスかもしれませんし。警察に届けてみては、と僕が進言したところで、皆聞く耳を持ちませんし」

「証拠ないと無理だけど、相談くらいしておいたほうがいいかもねえ」

「ただ、部屋の前で何やら立っていた男がいたというのが気になるんですけど……」

それもまた証拠不十分としか言いようがない。何かあったとき、警察が介入しやすい状況を作っておけばいいだろうに。無駄かもしれないが、やらないよりはいい。

「楓さんくらい割り切った性格だと、世の中楽なんですけど」

「それって褒めてる？」

楓は肉巻きを噛《か》み潰《つぶ》し、顔を引きつらせて笑った。繊維質の野菜と肉、それがほんのりかかった塩コショウで十分美味しい。

「褒めてますよ」

ふくよかな顔をにっこりさせて笑う朝生に、楓は「ふーん」と冷めた視線を送りながら、食べ終わった食器を片付けた。デザートにはキウイを刻んでヨーグルトをかける。

「何事も起こらないといいね」

「どうでしょうかねえ」

思わせぶりな言い方をして、朝生が人差し指をくるくる回している。

「気になることあるの？」

「いえ、まだ何とも言えないので」

妙に意味深に聞こえた。

4

翌日、柔道部のメンバーはまた学食に来ていた。時間帯をずらしてくれるのはありがたいが、昨日の話を聞いたあとでは、中心にいる女の子の困った顔が違う意味に見えてくる。

（察してやれよ）

楓は賄いを食べながら思った。彼女は隣にいる男前、イケメンと言うには堅い雰囲気の男性にちらちら視線を寄せていた。いかにも堅物そうだ。これは難儀だ。他の男子学生が食い入るように女の子の話を聞く中で、朝生だけは焼き魚定食を食べていた。

楓の周りには今日もパートの皆々様が、世間話に花を咲かせている。仕事が終わったということで、雰囲気はゆるゆるだ。

「ってさー、楓ちゃん」

「あっ、はい」

楓はいきなり話しかけられた。話半分で聞いていたので、何を振られたのかわからない。

「息子が新しく片思いしているのはいいんだけど、えっちな本の趣味も変わったのよね。今度は小柄な文系タイプが好きみたい。でも巨乳は変わらないの、さすがお父さんの子」

説明してくれて有難いのだが、息子さんの性癖をここでばらすのはひどい話だ。ついでにお父さんもばらされている。

(息子さん聞いたら泣くぞ)

秘密の隠し場所など、母親にかかれば開けっ放しの金庫も同じである。下手に彼女がでてきたならすぐさま勘づかれ、話のネタにされてしまう。そういえば、と楓は鞄《かばん》を漁《あさ》る。

「広崎さんから夏休みのシフトの案もらってきました」

楓は、テーブルの真ん中に印刷された紙を置く。夏休みなので時間帯は十時から十五時までと短く、メニューも少ない。ただ、併設された売店は開けているので菓子パンやジュースの補充はしなくてはならない。

土日は終日休みで、平日は社員一人、パートさん一人の組み合わせだ。

「八月はいいけど、九月もこのシフトならきついわね」

パートさんの一人が言った。大学の長期休暇は長く、二か月以上ある。子どもがいる夏休み期間の八月はともかく、九月まで休みになるとパート代が入らないのは苦しいらしい。それが原因で辞める人もいる。昨年はアルバイトの身で気軽に構えていたが、正社員となった今では考えただけで頭が痛くなる。

「何かあったら私か広崎さんに連絡ください。メールでもいいんで」

主婦の皆さまが多いので、ここでの多数派はガラパゴス携帯、つまりガラケーだ。

「はーい」

「わかったー」

「りょうかーい」

各々返事をしてくれる。皆が気のいい人で良かったといつも思う。昨年までお局《つぼね》的なパートさんが一人いたのだが、彼女がいたままでは楓は上手《うま》くやっていける自信がなかった。

「ところでさあ、総務課前の掲示板見た？」

パートさんの一人が話を変えてきた。息子さんの性癖を暴露したお母さんだ。

「えっ？　総務課なんて、通らないわよ。どうしたの？」

「いえねえ。息子のバイト先ないか見に行ったわけよ。学校斡旋《あっせん》のやつ。家庭教師とかよく貼ってあるじゃない？」

「ああ、ここ通っているって言ってたわね。頭いいのね」

(でも小柄な文系巨乳好き)

楓は心の中で突っ込む。男子大学生の性癖としてはいたって普通だけれども。

「いや、中学生くらいなら教えられるでしょって思ってね。でも、弟にもまともに教えられない時点で無理だわって気付いたんだけど」

パートさん、実に息子さんの評価に厳しい。

「それで、注意喚起の張り紙があったのよ。また流行《はや》ってるのね、悪質な勧誘」

この大学に限ってのことではないが、一人暮らしの学生を狙って変な人たちが横行することはよくある。悪質なサークルや宗教の勧誘だ。親元を離れて不安になっている学生に付けこんで、食い物にする。サークルの場合、大学から厳重注意されるので、無許可でやっている団体だ。宗教はいわゆる新興宗教というやつで、全てが悪いとは言わないが世間知らずな新入生を狙う時点であまり好ましくない。

「どうしても世間知らずな子は引っかかっちゃうのよねえ。家に直接勧誘しに来る場合もあるし」

ふうっと息を吐くパートさん。

「学生だけじゃないわよね。新聞とか訪問販売とかよく来るわー。最近ではいらない貴金属買いますっていうのも来るわ」

「ああ、わかるー。最近煩《うるさ》いのよね。なんでか、ちょうど家に帰る時間を狙ってくるのよ」

「うちもうちも」

おばさまたちの話はそれてしまった。無理な勧誘など、大学側はまったく無視しているわけではない。ただ、学生数が多く行動を全て監視するわけにもいかない。というわけで注意喚起は何度も行われるが、掲示板に貼りだされたのはまた何か問題が起きたのだろう。

「楓ちゃんは引っかからないでよ」

「私は大丈夫ですよ。第一もう社会人ですし」

楓の発言に、パートさんたちは顔を見合わせて首を振る。

「わかってないわ」

「ないない。そういうのが一番危ない」

「楓ちゃんってしっかりしてそうに見えるから、余計危険だわ」

おばさまたちの目線が厳しい。

「楓ちゃん、仕事ばかりで趣味はあるの？　彼氏いる？　真面目一辺倒だと、ころりと変な男に騙《だま》されたりするのよ。特に、自分は大丈夫って思っているタイプが」

「そ、そんなことありませんよ」

「大丈夫？　男の子に変な言葉で誘われたりしてない？」

楓はちらりと朝生の顔が浮かんだ。あれは弟分だ、問題外だ。小学三年生の平均体重くらい減ってからでないとまずない。

「そーお？　相手がいくらいい人そうに見えても、連帯保証人とかなっちゃダメよ。この人だけは、っていう感情が一番危ないんだから」

パートさんの言葉に楓はどきりとした。一瞬、顔が歪《ゆが》みそうになるのをこらえる。

「大丈夫ですってば！」

楓は苦笑いしながら、食べ終わった食器を重ねた。

5

いつも通り、仕事の後に朝生の部屋に向かう。すでに朝生は帰って来ていた。

「今日もストーカー対策だったの？」

楓は買い物袋をキッチンに置いて、リビングにいる朝生に言った。朝生はレポートでもやっているようで、ノートパソコンのキーボードをカチカチ鳴らしている。かなり大きめの画面なのだが、朝生が使っているとオモチャのように見えてしまう。

「ええ。おかげで部活は早めに終わりましたよ」

そういえば、いつもなら楓のほうが帰るのが早い。急いで支度しないといけない。

「ところで今日の夕飯は何ですか？」

ちらっと切れ長の目が眼鏡の奥で光る。眼鏡だが伊達《だて》らしく、ブルーライトカットと言っていた。ほんのりレンズに色がついている。

「メインはありません。ひたすら常備菜を作ります」

「質問です！」

ぴしっと手を上げる巨漢。

「はい、朝生くん」

「常備菜に肉は含まれますか？」

「野菜たっぷりです」

がっくりと肩を落とす朝生を無視して、楓は材料を取り出す。勿論《もちろん》、全部野菜というわけじゃない。ニンジンしりしりに、鶏《とり》そぼろ、茄子《なす》の煮びたし、品数は多い。

（同じ種類ばかりだと飽きちゃうし）

食材はまんべんなく食べる。それが身体に良い。脂は不健康だからって全く取らないと肌がカサカサになる。炭水化物も摂取しないと頭が働かないし、肉だって人間が雑食である以上、最低限食べるべきだと楓は思う。

野菜をまとめて切って、それぞれ鍋《なべ》に入れ火にかけたり炒《いた》めたりしている途中、朝生がふとテレビをつけた。このマンションはケーブルテレビに加入しているので、テレビをつけるとローカルテレビが流れる。あまりバラエティに興味がない朝生は、大体ローカルチャンネルかニュース番組を見ていることが多い。

「あっ、それ！」

楓がそぼろを炒めたコンロの火を消して、朝生がいるリビングに向かう。ニュースでは、聞きなれた地名をアナウンサーが言っていた。見出しを見ると、悪質な勧誘が来て困っているというものだ。昼間、パートさんたちが話していた内容と同じだった。

「多いですよね、強盗」

「えっ？　強盗？　勧誘でしょ」

楓が首を傾げると、朝生はテレビ画面を指す。

見出しが変わり、『強盗』なる物騒な言葉が増えている。

「勧誘や訪問販売に見せかけた強盗ですね。単身世帯や、昼間の留守中を狙っています。わざわざ周りに誰もいない時間帯を狙ってくるところが、計画性を感じますね」

「それって……」

「ええ、狙われているのは女性ばかりのようです」

一人暮らしの女性を狙った強盗、実際の目的は別にあるようにも思える。

「今のところ、大事に至ったことはないようで、全国ネットでは大きく報道されていません。楓さんもローカルニュースだからって見ないのはよくないですよ。楓さんはしっかりしているようでちょっと、抜けているところがありますから」

「わかってる」

パートさんと同じようなことを言う朝生。楓としては認めたくないが、意固地になっても仕方ない。朝生は楓をじっと見て、首を振る。

「いえ、わかってないように思えますけど」

「失礼な」

楓は思わず、弾力性に富む朝生の両頬を摘《つ》まんだ。ぶにっと両側に引っ張ってやる。

「やへへ、くだはひよ」

「いつから生意気言うようになったのかなあ、この口は」

楓は朝生のことは小学生の頃から知っている。当時はかなり痩《や》せていて周りの目を気にするような子どもだったのに、一体何がいけなかったのだろう。この肉が原因だろうか。

ぶにぶにと肉の弾力を確かめるように遊んでいると、テーブルの上でガタガタと音がした。朝生のスマートフォンが鳴っている。

楓が仕方なく手を離してやると、朝生は掌《てのひら》で頬を撫《な》でつつスマートフォンを取った。

「はい、もしもし――。やっぱり――。わかりました。では、画像を添付してください」

なんだろうかと首を傾げつつ見ていると、朝生は再びノートパソコンに触れている。メールフォームを開いているので、学科の関係だろうか。あんまりジロジロ見てはいけないと思い、楓はキッチンに戻る。

大きなプレートを食器棚から二枚取り出す。正方形のプレートで三×三と、九分割になっている。それに出来上がった常備菜をのせていく。鶏そぼろ、茄子の煮びたし、ニンジンしりしり、レンコンのきんぴらに、ひじき、煮卵等々。煮卵はちょっと味が薄いので邪道だが、半分に切って直接黄身にタレをかける。

一品一品は大したものではないが、種類が豊富だとそれなりに見栄えがいい。基本、和食なのでバランスもいい。ご飯は、雑穀米だ。まるで健康志向のOLみたいなメニューだ。

プレートは楓の分が標準並で、朝生の分は三倍くらい多めに入れている。

（これでも物足りないかな）

今年二十歳の青年にはまだ足りないだろう。できれば、体重のことも考えて食べないで欲しいけど、満足感が無ければさらに暴食する可能性もある。

冷蔵庫を漁《あさ》り、昨日安かったからと買いだめしておいた豚肉を取り出す。生姜《しょうが》とニンニク、それから玉ネギを用意して簡単に生姜焼きを作った。玉ネギを多めにしてかさましておくくらいは許してもらおう。

じゅわっと焼けた匂いに反応してか、朝生の表情がほわんとなって、キッチンをチラチラ見ている。それでいて、キーボードを叩《たた》くスピードは高速で打ち間違える様子はない。

「できたけど、忙しそうね」

「いえ、大丈夫です！　早く食べましょう！」

朝生はパソコンを横にやると、目をキラキラさせながらテーブルを叩いた。普段なら、ちゃんとパソコンは片付けてから食事を始めるのに、今日は立ち上げたままだ。

「急ぎの用なの？」

惣菜《そうざい》プレートを置いて聞いてみると、朝生はちょっと表情を曇らせる。

「早いほうがいいと思いますね。ただの杞憂《きゆう》の場合もありますけど」

よくわからないが、そう言われると片付けなさいと強要することは出来ない。元々、楓とてそこまで躾《しつけ》に厳しくないのでどうでもいいが、朝生は少し申し訳なさそうだ。

（育ちがいいもんねえ）

朝生はボンボンである。いい意味でボンボンなので、嫌みはないのだけれど、妙な礼儀正しさに育ちの良さを感じる。もっとも食欲に関しては例外だが。

「生姜焼き！」

「今日はこれだけ。残りは明日ね」

温かい生姜焼きは湯気が立って、朝生の眼鏡を曇らせている。丼ぶりには雑穀米がこんもり盛られていてまるで昔話の挿絵みたいだ。

（昔は玄米だったし、カロリー足りなかったから仕方ないんだけどね）

米の消費量が減っていると言われているが、現代でおかずを減らさずに米だけ量を増やすと確実に肥満か、糖尿病になるだろう。食はバランスなので、米を増やすとしたら他で調整しないといけないというのに。

朝生は綺麗な箸《はし》使いで食事を取る。とても綺麗な食べ方なのはいいが、問題はその速度だ。気が付けば、丼ぶりは空になりおかずは半分になっていた。

「もっとゆっくり食べようか」

「すみません。素早いデブなもので」

「ねえ、自分の体形わかっているなら、痩せようか」

「氷河期に備えているもので」

「明日の健康を考えてちょうだい！」

ああ言えばこう言う。呆《あき》れながら、炊飯器にご飯のおかわりをよそいに行く朝生を眺め、煮びたしを食べる。我ながら美味《おい》しいと楓はにんまりする。

朝生がご飯をおかわりして戻ると、スマートフォンがまた鳴った。食事を邪魔されたのか、朝生の目が少し細まっている。

「すみません、電話に出てもいいですか？」

朝生は電話を取ると、そのまま横に置いていたノートパソコンを開く。カチカチとマウスを動かしながら対応しているところを見ると、メールか何かが届いたのだろうか。

「わかりました。そのまま報告を頼みます――。変なことはしないように、下手に出ると意味がないので――。部長が先走らないように、あの人けっこうそそっかしいので」

つまり相手は柔道部のメンバーだろうか。疑問を抱きつつ、楓は自分のペースで食べていく。

朝生は山盛りのご飯とおかずの残りを名残惜し気に見ながら、電話を切るとパソコンに向かった。

(ご飯を中断するほどとは)

冷えてしまうのが気になるのか、ちらちらご飯を見ながら朝生はパソコンをいじる。

楓はひじきの煮つけを食べ終えると、つい好奇心に負けて朝生側へと移動した。

「なにこれ？」

楓は首を傾げながら、画面を眺める。何の変哲もない扉の写真だ。しかも、何枚も。なんでまた、こんな物を何枚も撮っているのだろうか。メールフォームから開いた画像のようだが、けっこう量がある。一体、何なのだろうか。

「ここ見てください」

朝生の大きな指に示された位置を見る。茶色い扉に何やら小さく描かれている。

「落書き？」

楓はまったくわからず、首を傾げるばかりだ。

「訪問販売や勧誘の類《たぐい》で使われるマーキングです」

「マーキング？」

楓はさらに首を傾げる。

「もし品物を訪問販売で売りつける際、相手方が家にいるのがわかれば便利ですよね」

「うん」

「さらにどんな家族構成か、住人が押しに強いか弱いか、それがわかればさらに便利ですよね」

つまり、その家にいる人の情報をこうして扉にマークとして残すことで、より仕事がしやすくなるわけだ。

「かなり嫌だね。それ」

「はっきり言えば犯罪ですね。もっとも、業者が皆やっているとは言わないですけど」

それより、と朝生は目を細める。

「空き巣などがつけることもありますし」

「空き巣って」

「女性狙いなら違う意味も入ります」

「ちょん切りたくなる」

「聞くだけで痛いので止めてください」

朝生は拡大した写真を見ながら、レポート用紙を取り出してメモを取っていく。丸や二重丸、アルファベットもあれば明らかに落書きのような物もある。書いている物も統一されておらず、チョークの他にペンで書かれている物もあった。

何枚も似たような写真を撮っていると思ったら、部屋の番号が違う。

「もしかして、全部の部屋撮ってる？」

「比較対象は多いほうがいいので。律儀な後輩にちゃんと写真に撮るよう頼みました」

「なんでまた、こんなことしてるの？　このマンションじゃないでしょ？」

朝生のマンションはまずファミリー向けで、セキュリティはしっかりしている。エントランスにインターフォンがあるため、訪問販売や勧誘は基本出来ないはずだ。

「昨日言っていたストーカーに狙われているって子、あの子のアパートの扉です」

（あれ？　それって）

朝生の言い分だと、あまり深刻ではないように聞こえたのだが。

しかし、朝生は何か引っかかった顔をしていた。それが何かまで楓にはわからなかった。

「扉の前でずっと立っている不審者っていうのが気になりまして調べたんですよ。それと、昨日は五人ほど引き連れて部長の後輩さんを送ったらしいのでちょうどいいと思い――」

(部長とやら一人で送ってやれよ)

朝生も同意見だが、あえて口にしないのだろう。

「その中の一人に連絡して、扉や表札に落書きがないか聞いておいたんです。あるという報告があったので、今度は他の部屋の扉も撮ってもらいました」

というわけで、大量の扉の写真が集まったわけだ。

「もしかして、今日話していたのは、そのこと? 本当にストーカーだったわけ?」

楓の質問に朝生は首を振る。

「少なくとも彼女のストーカーではありませんね。ストーカーなら別に他の部屋にマーキングする必要もないでしょう」

「確かに」

一人をターゲットにするなら、マーキングなんていらない。ストーキングならそれこそ、尾行したりしているだろうし。

「じゃあ、つけられているってのはやっぱり勘違いだった?」

「いえ、そうとも言い切れないんですよ」

朝生は部屋番号と書かれたマーキングの一覧を見る。ふくよかな頰がかすかに歪《ゆが》み、興味深そうに笑っているように見えた。まるでパズルが解けたような顔だ。朝生は頭がいい。一度覚えたことは忘れないと言っていたが、本当なら実に羨《うらや》ましい。

朝生は太い指で器用にスマートフォンをいじる。今度は電話ではなく、通信アプリを開いて、誰かと連絡を取り合っている。即座に返信が来たらしくまた返事を打つ。

「早いね、打つの」

「ええITデブなので」

「ねえ、デブって言葉必要？」

「アイデンティティです」

朝生はスマホを置くと、満足したように楓を振り返った。

「上手《うま》く行けば数日中に解決します」

朝生はそう言って冷え切ったご飯とおかずを眺めた。少し寂しそうだ。

（まったくわからん）

楓は考えるのを放棄して、朝生の丼ぶりとおかずプレートを手にする。ラップをして電子レンジにかけてあげた。出来立てには劣るが、冷めたままよりは、幾分ましだろう。

6

「へっ?」

思わず間抜けな声が出たのは、週が明けた月曜日。朝番で一人寂しいので、テレビをつけながら準備をしていた時だった。広い学食の中で、テレビの音量はやたら響いていた。

『お手柄、大学生。強盗を防ぐ!』

ローカル番組だったので、見慣れた地名が出ても珍しくないが、さらに見慣れた大学名が並んだら反応してしまう。ついでに言えば見たことある顔がインタビューを受けていた。イケメンというより男前という感じの、朴念仁な柔道部部長がはにかみながら話をしていた。横には、これまた見たことある顔が並んでいた。

『どうして強盗だとわかったんですか?』

『こ、後輩から不審な人物が、い、いると言われまして……』

嚙《か》み嚙みの対応だが仕方なかろう。インタビューを全部流すことなく、途中からテロップと再現イラストでわかりやすく説明してくれる。狙われたのは例の柔道部部長の後輩が住むアパートの住人だった。部屋の住人はほとんど単身者だ。

『強盗』とやらは、住人の中で目ぼしい人物を標的にして襲うつもりだったらしい。昼間、下調べをして、何時頃アパートに帰るか把握する。そして、部屋の鍵《かぎ》を開けた瞬間を狙って押し入る手口だ。そのアパートは防音がしっかりしており部屋も広い、他の単身者向け住宅に比べ割高だった。『強盗』は、不動産屋でまず狙う住宅を決めて、次にターゲットを絞っていたらしい。

朝生が笑っていた理由が分かった。あのマーキングの羅列を見て、狙われているのがどの部屋の人か予想がついたのだろう。

部長の後輩の女の子は、ターゲットとして尾行されていたが、学生ということで外された。学生よりも社会人のほうが金を持っている。狙われた相手は、二十代半ばの女性だという。一人暮らし、防音の部屋。それを察するに『強盗』では済まない可能性もあった。部長は後輩の言葉で動いたと言っていたが、後輩というのは朝生に間違いないだろう。

納得したような、腑《ふ》に落ちないような、微妙な気持ちだ。ここはお手柄をほめて、晩御飯は好きなメニューにしてあげようかと、考えたが……。

(やっぱり、なんかむかつく)

楓は朝生にメールで『タイムセールのさんまと豚肉買ってきて』とスーパーマーケットのリンクを貼り付けてやった。荒れ狂う主婦の皆々様の間を駆け回り、カロリーを消費するがいい。

（まったくもう）

どこからともなく事件の匂いを嗅《か》ぎつけ、調べては何事もなかったかのように解決する。
朝生という青年は、本当に面倒くさい巨漢である。

二、ハンバーグと美人局

1

休日、朝一番に買い物を済ませ、楓《かえで》はマンションに帰り着いた。朝生《あそう》の部屋ではなく自室だ。自室は寝るか料理するかの部屋だ。なので、キッチン以外は殺風景だ。リビングにある大きなビーズクッションだけはピンク色なのは、売れ残りがそれしかなかったからだ。

冷蔵庫からビニール袋を取り出し中の物を洗い、選別しつつ鍋《なべ》に入れる。ぐつぐつとコンロで煮るのはブルーベリーだ。砂糖不使用で作るジャムはほんの少しだけ蜂蜜《はちみつ》とレモン汁を入れるだけの簡単なもの。

楓が働く学食では、農学部から野菜を仕入れることもある。ビニール袋に入っていたのは、その縁で貰《もら》ったおすそわけだ。規格外の物だけあって、はじいた実の中には緑色の物がたくさん混じっていた。小粒の品種で、生で食べるとかなり酸っぱいのでジャムにする。

しゃもじで鼻歌交じりに煮込んでいると、ピンポーンと呼び鈴が鳴った。

（誰だ？）

楓は基本、家にいることが少ないので、お隣さん付き合いはしない。宅配便の関係なら、エントランスでまず受け答えをする。本来、初任給では住めないようないい部屋なのだ。

(こういうマンションばかりだったら、この間みたいなこと起こらなかったのに)

どんなことかと言えば、若い女性を狙った強盗だ。アパートの扉や表札にある印で、どんな人物がどの時間帯にいるのかを把握し、それを狙うという計画性が高いものだ。

楓は事件のやり口を思い出し反吐《へど》が出そうな気分になりながら、コンロの火を消す。玄関に向かい、そっと外の様子をドアスコープから見る。扉の前に立っていたのは、見覚えがある美女だった。

「どうしたんですか?」

楓は、玄関を開けると訪問者に言った。

さらりとした髪を肩口で切り揃え、その髪型が切れ長の目とよく似あっている。薄い唇ときめ細やかな肌はまさにアジアンビューティと言うにふさわしい。身を包むのは、タイトなスーツでスタイルもいい。一見、二十代に見える彼女だが、実年齢は四十路《よそじ》すぎだ。

他人が見れば羨ましいとしか言いようがない容姿だが、今現在、難点を言うとしたら、化粧が少し落ちて姿勢がふらふらとしているところだろうか。酔っぱらっている。

「ああん、楓ちゃん。追い出されちゃった」

猫なで声を上げながら楓に抱き着いてくるのが誰かと言えば。

「響子《きょうこ》さん、お酒臭いからですよ。朝生くん、お酒嫌いですから」

「雪人《ゆきひと》ったら、お母さんの息抜きくらいさせてくれてもいいのに……」

朝生響子は朝生雪人の母であり、このマンションのオーナーである。

楓は冷蔵庫からオレンジを取り出すと、二つに切って絞り器で絞り出す。ガラスのコップに入れて、テーブルの上に突っ伏す響子に渡した。

「はい、酔い覚ましです」

「あ、りが、と」

とぎれとぎれに礼を言う響子は、ぐったりとしていた。事情はまだ詳しく聞いていないが、今までの経験上どういう状況かは判断できる。

(飲みの帰りに朝生くんの部屋に凸ったんだろうなあ)

仮にも親だ。部屋の鍵は持っている。朝生がこの母親を見て部屋に入れたくなかったのだろう。ご丁寧に追い出し、ちゃんと響子の自宅までタクシーを手配したに違いない。残念なことに、タクシーの運転手さんは待ちぼうけを食らうことになったようだが。

「楓ちゃんが今日休みでよかったわ。この間はいなかったんでタクシーで帰る羽目になったから。おかげで車の中で、吐いちゃった」

（運転手さん可哀想ですね）

響子はゴクゴクとオレンジジュースを飲み干す。切れ長の目はいつの間にか眼鏡がかけられていた。ティッシュの上には乾燥したソフトコンタクトレンズが置かれている。使い捨てのようなので、丸めてゴミ箱に入れる。

「生ジュースって美味《おい》しいわ。しかもしぼりたて。贅沢《ぜいたく》だわ」

（食費は出してもらってるから）

楓は響子に頼まれて朝生の食事を作っている。その交換条件が、家賃タダであり、尚且《なお》つ食費は経費扱いだ。朝生とは一緒に食べるので、楓のエンゲル係数は大変低い。家賃がタダなうえ、食事代も節約できるので、楓としては申し分ない。酔っ払いの介抱くらい引き受けてあげるつもりだ。

朝生とて体形の美的感覚以外は、ごくごく普通の一般常識を持ち合わせているし、紳士的性格をしている。そんな彼が、母親をないがしろにしているのには理由があった。

「全然、痩《や》せてなかったね……」

「すみません」

楓がペコリと謝りながら、空になったコップにオレンジジュースを追加した。

「……うん、本人がやる気ないなら、ダイエットなんて出来ないよね」

響子の言葉が楓の心にグサッと突き刺さった。朝生の食事を作るとともに、楓にはもう一つ頼まれていることがある。朝生のダイエットだ。「息子が健康的に痩せるような料理を作ってくれ」と言われたら、断れる立場じゃない。栄養士を目指していたし、実際栄養士になったのだから、ダイエットは成功させたかったのだが、もう二年も経つ。

「あいつ、ご飯大好きだものなあ。炭水化物とるのなら、おかずでいくらカロリー落としても意味がないよね」

朝からご飯を五合食べるような男だ。痩せたら絶対かっこいいはずなのに。母親がこんなに美人だし、父親も楓の記憶の中ではかなりカッコよかった。朝生はあの体形でスポーツもできるし、頭もいい。ただ体重を落とす、それだけでどれだけでもモテるだろうに。

（宝の持ち腐れだ）

響子ほどではないが、楓もまた朝生のことを弟のように思っているので、スマートにしてあげたい気もあるが、当人にやる気がないのではどうしようもない。

「すみません。力になれず」

「いいのよ。元はと言えば私が太らせたようなもんだし」

朝生が太り始めたのは中学生くらいの頃だという。その頃、朝生の家は色々ごたごたがあって、響子はそれが原因で太ったのではと悩んでいる。ごたごたが何かと言われたら、響子がお屋敷を追い出されたことである。今住んでいるマンションはいわば手切れ金だ。かなりヘヴィな話題だが、響子の明るさのおかげでつい忘れてしまう。

「にしても心配よね、生活習慣病」

「ええ、血糖値高そうで」

ふうっと女二人が男の体形のことでため息をつく。オレンジジュースですっきりしたのか、響子の顔色はだいぶ良くなっていた。楓は冷蔵庫からプレーンヨーグルト、棚からホットケーキミックスを取り出す。

「響子さん、軽い朝食取ります？」

「あっ？　いいの？」

「プロの口に合うかわかりませんけどね」

「楓ちゃんの料理なら文句ないわよ」

この時間に外に出してもまだ、飲食店は開いていないだろう。響子が今拠点としているマンションはここから車で一時間以上かかるので、お腹が空《す》くはずだ。

「助かるわ。最近はコンビニにも行けなくて」

「テレビでも見て待っていてください」

「りょーかーい」

勝手知ったる仲というやつで、響子は人をダメにするようなクッションに全身を埋めながら、リモコンを操作する。つけた番組は料理番組で、見たことがある顔が映っている。リビングでだらだらしている女性と、テレビの中で笑顔を振りまく人物は同じ顔をしていた。響子が気軽にコンビニにも行けない理由がこれだ。料理は奄美《あまみ》の郷土料理である。

「鶏飯ですか。いいですね」

簡単に言えば鶏茶漬けのような料理だ。色んな具をのせたご飯に出汁《だし》をたっぷりかける。

「うわあ。この日の収録、化粧のりが良くなかったのよ。あんまり見ないで」

響子が恥ずかしそうにチャンネルを替えようとする。

「レシピ見るんでそのままで」

「レシピなら私知ってるから、見なくていいわよ」

唇を尖《とが》らせながら響子がチャンネルを替え、番組は時代劇の再放送に替わった。

「ああ、いいわ。この何とも言えないだらけた空間。特に得るものもなく、テレビをだらだら見るこの時間、す・て・き」

（私の部屋だけどね）

無料で部屋を貸してもらっているので何も言えないけど。

「今日はオフですか？」

「うん、昼まではね。夕方から収録があるの」

「売れっ子ですなあ」

楓はボウルにホットケーキミックスとヨーグルトを入れ、木べらでかき混ぜる。

「ははは、好感度は微妙みたいよ」

「有名税です」

色々大変なのだろうな、と楓は思いながらかき混ぜたタネを熱したフライパンに流しいれる。もったりとした生地をお玉で延ばしながら弱火でゆっくり焼く。

響子は料理研究家とかフードコーディネーターとかそういう類《たぐい》の職業で、テレビに出ている。著書の売れ行きも良いようで、楓に無料で部屋を貸したところで問題ないセレブだ。

(そんな人にご飯作るとか、緊張するんだけどねえ)

せいぜい焦がさないように気をつけねば。ぷつぷつと表面に穴が開いたパンケーキをひっくり返し、あとは蓋《ふた》をしてゆっくり蒸し焼きにする。卵も牛乳も使わずヨーグルトで作るパンケーキはずっしりもちっとした口当たりになる。

満月のように焼けたパンケーキを皿の上にのせて、冷凍庫から取り出したバニラアイスをのせる。さっき作っていたブルーベリージャムものせる。

（仕上げには）

楓はベランダに置いてあるプランターからアップルミントを数枚ちぎった。気をつけなくては庭を侵食しかねない雑草になりうるハーブだが、これをのせるとさらに美味しそうに見える。問題は、もう何世代も楓のプランターで育ててきたので、香りはほぼ残っていないところだろうか。アップルミントを洗ってアイスにちょんとのせたら出来上がりだ。

「はい、どうぞ」

「わー！」

ナイフとフォークを持ったまま手を上げる響子。料理が好きな人間は食べることも好きなのだ。響子もその例に漏れない。

「いただきまーす」

美味しそうにぱくつく響子に、内心ほっとする。楓も自分の分をさっさと焼いて食べようと思う。

「あっ、あの馬鹿息子に自慢してやればよかった」

三分の一ほど食べたところで、響子が残念そうに俯《うつむ》いた。

「こっち、写真に撮ります？」

楓がパンケーキを差し出すと、目をキラキラさせてスマートフォンで写真を撮る。

「雪人って朝食はどうしてるの？」

「たまに作りに行ってますけど、基本は常備菜と昨晩の残りで食べてもらってますね。味《み》噌《そ》汁は温めるだけ。ご飯、また追加で炊いてないといいけど」

不安になってしまう。一応、前日に二合炊きで炊飯器のタイマーをセットした。

「贅沢な奴ねえ。幼馴染《おさななじみ》がご飯を作りに来てくれるなんて」

「ええまったく、それなのになんで痩せないんだか」

「ほんとほんと。元は悪くないのに」

二人で愚痴りながら食べていると、響子のスマートフォンが鳴った。朝生からの返信で、『今からいっていいですか？』と書いてあった。

「断る、と」

「材料無くなりましたからねえ」

今度は楓のスマートフォンに朝生から連絡が入る。

『今日のおやつはパンケーキがいいです』

響子が笑いながら楓のスマホを奪い、『勤務外』と返してくれた。

「ところで、どうしたんですか？　二日酔いになるまで飲むなんて」

パンケーキを食べ終わり、生ジュースを飲み干したところで楓が響子に聞いた。響子は酒に強い。頭が痛くなるほど飲むというのはそれなりに何かあった後だろう。

「ああ。ええっとねえ。打ち合わせの後の飲みだったんだけどさあ」

少し気まずそうに響子も三杯目の生ジュースを飲む。オレンジはこれで品切れになった。

「途中、連絡があったのよ」

頬をぽりぽり掻《か》く響子。

「あのババアから。孫に会いたいって……」

「……それは荒れるわ。着信拒否にしてなかったんですか？」

「さすがに連絡先は最低限ね。一応貰《もら》うもの貰ってるし」

あのババア、響子がそんなことを言う人物は一人しかいない。響子の元義母であり、朝生の祖母である。そして、響子にこのマンションの権利を押し付け、それを慰謝料として籍を外させた女である。

朝生さんちの家庭事情は少々複雑なのだったが、さして楓には関係がないことだった。

2

「それでさあ、うちの姑《しゅうとめ》が」

今日もパートさんは賄いを食べながら、世間話をしていた。楓もまた、食堂の一角でその会話に交じる。

「孫の名前は『輝羅莉《きらり》ちゃんが良かったんじゃないの』とか言い出してね。『子』とか『美』とかつくのは恥ずかしいとか言い出すのよ？　こっちは姓名判断出して決めてもらったっていうのに」

「ああ、いるいる。別に今時珍しい名前でもないけどさ、わざわざ今つけている名前貶《おとし》める必要なくない？」

「別に名前はどんなのでもいいのよ。要は付けた相手にいちゃもんつけられたら」

『あー、あるある』

皆が納得して声をそろえる。

楓は漬物をぽりぽりかじりながら聞き手に回るしかない。生憎《あいにく》、独身の一人暮らしゆえ姑なるものはいないのだ。パートさんが既婚者しかいないのはこういう時つらい。話に交ざろうにも、話題がないのだ。せいぜい今日の夕飯のレシピを交換したり、テレビのニュースやドラマの話に嘴《くちばし》を突っ込む程度だ。

「ねえ、楓ちゃんって名前、けっこう古風よね」

「そうですか？」

というわけで、いきなり想定外に話題を吹っ掛けられると少したじろいでしまう。

「うちの子と変わらない年齢よね。小学校のときはけっこう読めない名前の子いたわねえ」

話しかけるパートさんは、あの息子さんの性癖をばらす人だ。大学三年と聞いていたので、現役なら楓と同学年だ。

「楓ちゃんの友だちにもすごい名前の子いなかった？」

「すごい名前というか」

楓はふとメモ帳に『秋桜』と書いて皆に見せる。

「これで『コスモス』って子ならいました」

「こすもす……」

「……可愛いと言えば可愛いんだけど、うーん」

当て読みではないのだけれど、皆の反応を見る限り黒よりのグレーゾーンらしい。

（私は好きなんだけどなあ）

楓に秋桜、ともに秋の植物だけに親近感がわいていた。そして、今も交友関係は続いており、偶然にもこの大学に通っていたりする。この学食にも来たりするのだが、言わないほうが無難だろう。

今日、楓は遅番なので夕方までいる。明日の材料のチェックや仕込みをやっておく。パートさんは皆帰ってしまい、いるのは楓だけだ。

（もう一人くらい社員欲しいかも）

パートさんはたくさんいるがどうしても社員がやらなくちゃいけない仕事があるので、もう少し融通が利く人数を配置してもらいたいものだが、ままならぬというのが現実だ。

米の量を見て注文書を書いていると、急に雨が降り出す音が聞こえた。

（夕立かな？）

湿気で蒸し暑い季節になった。食材もカビやすいので気をつけないといけない。最近、米が美味《おい》しくないのは湿気のせいかもしれない。外が雨雲で覆われているため、何だか室内が暗い。電気をつけたいが『節電！』と大きく張り紙をしてある手前、つけにくかった。

（作業効率落ちると思うんだけど）

こんな薄暗さは嫌だ。雨音はうるさいし、髪が肌に張り付く空気が気持ち悪い。あと、遠くでゴロゴロ鳴っているのが気になる。さっさと注文書を書いてしまって、戸締りして帰りたくなる。雑に発注書を書くと、ファックスを送った。すると……。

ピカッと、空が光った。

楓はびくりと肩をすくめる。数秒後、激しい音が鳴り響いた。思わず、耳を塞《ふさ》ぎ座り込んでしまう。

（だから、嫌だ！）

恐る恐る耳を塞いだ手を外す。

「三秒弱、大体一キロ先くらいですかね」

「ひいっ!!」

近くで声がして思わず叫んでしまった。ファックスに縋《すが》りつく間抜けな姿を見ているのは、眼鏡をかけた巨漢だった。食堂のカウンター越しに立っている。

「なんでここにいるわけ？」

楓は朝生をねめつける。周りを窺《うかが》うように起き上がった。

「いえ、ちょっと匿《かくま》ってほしいと思いまして」

「匿う？」

朝生は楓に説明もろくにせず、その大きな身体をするりとカウンターの下に潜り込ませて中に入ってくる。見る限り潜り込めそうにないのだが、簡単に入ってきたのでびっくりした。たまに物理法則を無視する巨漢である。

「勝手に入ってこないでよ」

「しっ、これから誰か来てもいないと言ってください」

「はっ？」

訳が分からないと思っていると、食堂の入口から数人の学生がやってきた。男子学生が三人、食堂内をうろうろして、楓の存在に気付く。

「おばさーん、すみませーん。こっちに太った男子学生来ませんでしたか？」

（おっ、おば……）

楓の今の恰好《かっこう》は白い制服姿で髪は三角巾に隠れ、口はマスクをかけている。電気代をけちっているため薄暗いのはわかる。しかし――。

ふつふつとこみ上げる怒り。しかし、ここは職場、喧嘩《けんか》を売ることも出来ない。

（私はまだ二十歳だよ!!）

叫びだしたい気持ちをなんとか押し込め、こう返すことにした。

「別に誰も来てないですよ。それより何か注文するんですか？」

「あっ、ならいいです」

多少、塩対応だったが、向こうは気にしていないようだ。というか、営業時間は過ぎているので頼まれても断るつもりだったが。

三人が食堂からいなくなると、隠れていた巨漢がのっそりと出てきた。楓が冷めた目で朝生を見る。

「何やったの？」

「追われただけで僕には責任の所在はありません」

「何を理由に追いかけられたんだ」

ぶにっと頬を摘《つ》まんで伸ばす。餅《もち》のような触感だ。

「金を貸せと言われたもので」

「お金？」

楓は朝生の頬から手を離す。朝生はわざとらしく頬を撫《な》でる。

「いくらゼミの先輩とはいえ、いきなり金貸せと言われてほいほい貸すのはどういうものかと聞いたら今のように追い回されたわけです」

「へえ、クズだね。その先輩」

「ドブに捨てるほうがマシです、と正直に伝えた所、これですもんね」

「正直すぎるわ」

楓が呆《あき》れた顔で苦笑いを浮かべる。

「あんたんち金持ちだもんねえ」

言っておいてちょっと意地悪な言い方だったと反省する。お金持ちの家に生まれたせいで朝生は色々と苦労しているのだ。

「いえ、家のことは知りませんよ。ただ、このふっくら我儘《わがまま》ボディを育《はぐく》んでいるんだから、金を持っているんだろうという予測で吹っ掛けられたみたいです」

「なにその古代の美的思考みたいな判断基準!?」

ちなみに現代では炭水化物より野菜などのほうが高いため、その基準は当てはまらない。

「でも下手に面倒ごと持ってこられるなら、少しくらい貸してあげたら？」

「楓さんがその立場なら？」

「理由による」

「未成年に手を出したための口止め料らしく」

「貸すな、通報しろ」

楓は指で大変品のないジェスチャーを加えて言った。朝生が「それはいけない」と非難めいた表情を見せる。

「通報していいんでしょうか？」

「両成敗でいいんじゃない？」

「それがですねえ、ゼミの先輩なんですけど、名字が『箕輪《みのわ》』って言うんですけど」

「へえ、偶然ねえ、珍しい名字なのに。うちのパートさんも同じ名前の人が……」

楓は腕組みをしながら、「はて？」と首を傾げる。

「ええ、うちの学部でも二人いるだけですねえ」

「二人」という言葉を聞いて、楓は目を細める。

「ねえ、もしかしてその先輩って私と同い年？」

「はい」

「小柄な文系タイプの巨乳が好み？」

「よくわかりませんが、眼鏡女子とすれ違うたび、ガン見してましたね」

パートの箕輪さん、息子さんは通常営業ですと伝えたくなった。しかし、未成年に手を出したとは。いや、待て、未成年と言っても大学の後輩ならまだ問題ないのでは。

「無理やり酒を飲ませたとか？」

「向こうから飲んだようで」

「未成年とわかっていて？」

「年齢は聞いてなかったらしいのですが大人びていたからと。高校生らしいです」

うわあっと声が出そうになった。

「出会いの場は？」

「市立図書館、意外に通うのが趣味だそうで」

いや、それは好みの文系ガールを探していただけだろうに。

「そこで、意気投合。お誘いしたようで」

「訴えられたら勝てる？」

「負けるんじゃないですか？」

パートの箕輪さん、ごめんなさい、あなたの息子は救えそうにない。楓はそっと手を合わせる。朝生はなんで手を合わせているのかよくわかっていないのだが、とりあえず真似して合掌する。こういうところは、昔とあまり変わっていない。素直な雪人くんだ。

しかし、息子さんが訴えられるとなれば、あの気のいいおばさんがここにはいられないかもしれない。不祥事を起こした学生の保護者を雇うだろうか。学食とこの大学の経営者は同じ人なのだ。これから夏休みに入ってパートさんが辞める可能性が高いのに、ベテランのまとめ役がいなくなるときつい。

楓は腕を組んで一頻《ひとしき》り唸《うな》った後、朝生をじっと睨《にら》んだ。

「ねえ、その先輩、どうにか助けてあげられない？」

「お金を貸すんですか？」

「いや、そうじゃなくて」

何と言えばいいのだろうか。確かに未成年に手を出したというのなら、箕輪くんが悪いのは否めない。しかし、酒を自分から飲む、年齢を言っていないのはどうかなと考える。

一方的に示談金を持ち掛けてくるとなれば、どうにもきな臭い。

「なんか、怪しくない？」

「ですよね」

朝生も同じように思ったらしく、引っ掛かる点があるようだ。

「でも、僕としてはあまり首を突っ込むのは賢明でないと思うのです」

わからなくもない。しかし、楓にとっては来月のシフト作りに関係している。ここで、残業が増えるのは嫌だ。

「夕飯、何が食べたい？」

「!?」

魔法の言葉を朝生に投げかける。彼は理知的な巨漢だ。巨漢ゆえ、理知的であれど食欲には勝てない。そして、ダイエットに向かないとあえて避けているメニューがある。

「ハンバーグ、食べたくない？」

「は、ハンバーグですか？」

眼鏡の奥がきらっと輝いた。切れ長の目がじっと楓を見ている。

「何回かリクエストしていたよね？」

「無視されましたけどね」

「響子さんには逆らえません」

朝生の母親である響子から太らせないようなメニュー作りを頼まれていたのだ。というわけで脂質たっぷりの料理を作るわけにはいかない。

しかし、野菜多め、高たんぱく低脂質を目標におかずを作っているわけだが、結局量を食べるので意味がなかったりする。何より炭水化物をこよなく愛している。

「一つ質問を」

「何でしょう？」

「ハンバーグには、目玉焼きをのせてくれますか？」

きらきらとした目で朝生が訴えかける。幼い頃、彼が大好きだったメニューで今も現在進行形で好物だ。

広いお屋敷の座敷で、座布団の上にちょこんと座ってハンバーグを待つ子ども。黒檀《こくたん》の座卓の上に、洋食が並ぶと少しちぐはぐでおかしかった。躾《しつけ》も厳しく和食しか食べさせてもらえない家で、こっそり持ってこられた洋食は朝生にとって御馳走《ごちそう》だったに違いない。

楓の父は、当時、朝生の家の料理人をしていて、響子に頼まれて子どもらしいメニューを食べさせていた。勿論《もちろん》、お婆様には内緒で。

ハンバーグはどこの店にでもあるが、思い出のハンバーグとなれば、作れるのは楓の父か楓自身だ。朝生の食べたいハンバーグはそれなのだ。

その頃は、ずっとスマートで将来が楽しみな美少年だったのに。

（どうして、こうなった）

思わず朝生の顎《あご》の肉をぺちぺち叩《たた》く。朝生も嫌がればいいのに、自分で頬を叩き、ラップのようにリズムを刻み始めた。

（こんなお調子者でもなかった）

もっと生真面目で、大人しい性格だったのに。環境とは人を変える。

「チーズも入れてあげよう。響子さんには内緒だけど」

ごくん、と唾《つば》を飲み込む音がした。

「ただし、成功報酬ね」

楓はにやりと笑うと、商談が成立したことを悟った。

3

一度、やろうと決めたら朝生の動きは早い。伊達《だて》に『素早いデブ』を自称していない。

翌日の朝には、食堂の一画を占領して何やら会議をしていた。

（あんな大人数でいいんかい？）

むさくるしい男子学生が一つのテーブルに頭を寄せ合っている。その中で目立つと言えば、巨漢の朝生ともう一人、がっちりした体つきでいかにも体育会系といった雰囲気の青年がいる。身長は百九十近いのだろう、座っていても頭半分飛び出している。

楓は学食の新聞を設置しに行くついでに、ちらりとその団体を横目に見た。観葉植物に囲まれた一画にいるのでしっかりと観察はできない。

（あの人？）

ちらちらと周りを窺《うかが》っている長身男。もしかして、母親のパート先だと知っているので気付かれないか反応しているのかもしれない。顔は確認できないが、たぶんそうだろう。

楓は厨房《ちゅうぼう》へと戻る。

（安心しろ、パートの箕輪さんは今日休みだ）

翌月十五日支払いのパート代が入ったら、次のレディースデイは休んで映画や食事を楽しむのが箕輪さんだ。

おそらく朝生が学食で話そうと持ち掛けたのだ。昨日は逃げ回っていたが、やる時はやる男で、舌が二枚あるのかという位、口車にのせるのが上手《うま》い。

そして、集まった場所というのがポイントだ。テレビが見えない場所かつ食堂の端っこということであまり人気がない。尚《なお》且つ周りは観葉植物で囲まれているので、学生の間では密談によく使われている。密談に使うからこそ、使った者たちは他のグループの誰かがいたら近づかないというのが暗黙の了解ということになっている。あくまで学生間では。

実際は、厨房とは壁一枚で隣接しており、何気に話は丸聞こえだったりする。しかも、周りが良く見えるようにと厨房では鏡がいくつか配置されているが、その一枚が密談場所を観察できるようになっている。

(誰がこんな場所を作った？)

実は、パートの箕輪さんだ。今日はお休みで本当に良かった。

しかし、朝生もここが厨房に筒抜けなのを狙ってこの場所を選んだのだろうか。

(なんとなくあり得るな)

妙なところで情報通なのだ。楓にちゃんと聞いていて、ハンバーグをしっかり準備しておけと言いたいのかもしれない。

そうなると仕方ないので、楓は密談場所の近くに移動すると、ひたすら野菜の皮むきをすることにした。ちらりと上を見ると男子学生の頭が七つ鏡に映っている。テーブルの上にカードのような物が置いてある。

『これが相手の名前ですか？』

朝生の声が聞こえる。明瞭《めいりょう》ではないが十分聞こえる大きさだ。カードは派手なピンク色をしていて、おそらく名刺だろう。楓の高校時代、そういうのを作っている同級生がいた。

『室月《むろつき》いちごさんですか』

パートのおばさまたちが色々突っ込みそうな名前だ。

『かわいい名前で、しかも眼鏡が似合いそうだったのに……』

トーンがごつい割に、未練が混じった声が聞こえる。

『名前はひらがななんでしょうか？』

朝生はそんなこと関係なく、話を続ける。ハンバーグのために働く男の同情を引くのは難しかろう。

『……いや、ひらがなのほうが可愛いでしょ、って』

『漢字はどう書きますか？』

『果物の苺《いちご》だって言っていた』

ふーんとジャガイモを黙々と処理しながら聞く。

『相手はこちらを訴えると言いながら、相手の身分証明はこんな名刺一つで』

『ちゃ、ちゃんと高校はわかってるぞ。ほ、ほらここに書かれてある』

『ふーん』

朝生はまた淡白な返事だ。周りにも人がいるはずだが、ギャラリーになっている。雰囲気からして、箕輪くんにただ付き添っているだけだろう。

（見たまんま餓鬼大将だからなあ）

それが大学生になるまで続いているとしたら、正直言うとモテるわけない。集団でファミレスに行って、バイトのおねえさん困らせてそうなタイプだ。

（教育方法間違えてるよ）

パートの箕輪さんに言いつけようかなと考えたが、母上は炎上すればガソリンをかけるタイプなので黙っていたほうがいいだろう。

楓は、ジャガイモの皮を剝《む》き終えて、次はニンジンに入る。カレーは野菜たっぷり、栄養が偏りがちな学生のために考えているのだ。ルーに溶かし込んでいるので量が多い。

『では、本当にそこに通っているかどうか確かめましょう』

朝生はどこからともなくパソコンを取り出した。携帯用のルーターを取り出して何やら調べているようである。

『確かめるって？』

『そのいちごさんに、学生証か何か見せてもらえないでしょうか？』

『そ、そんなの無理に決まっているだろ！』

『なぜですか？』

朝生の声はまったく悪気はなく、ただ何故できないのか問うていた。

『そりゃ、未成年に手を出すような奴に見せられるかって言われるからだよ!』

『誰に?』

『誰って、いちごちゃんのお兄さんに……』

楓は今、朝生がどんな目で箕輪くんを見ているか予想がついた。呆《あき》れているに違いない。

楓とて疑問に思う。どう考えても、怪しいのだ。その女子高生。金をゆする。未成年に手を出したから。身分証明は名刺のみ。出てきたのは親ではなく兄。

思うこともあるのだろうが、箕輪くんは混乱している。周りは箕輪くんに対して逆らわないのであれば、はっきり何かを言うことはない。

そこに巨漢で頭が切れ、巨漢で自信たっぷりで、巨漢で度胸がある朝生が言ってのける。

『美人局《つつもたせ》じゃありませんか?』

朝生の一言に、バーンと大きな音が鳴った。鏡には立ち上がり、テーブルを叩きつけた箕輪くんがいる。

『そんなことはないと言うんですか? 普通に考えるとそうでしょう? はめられたとしか言いようがなく、実際お金をゆすられているじゃないですか?』

朝生の言うことに間違いはない。ただ、本当のことを言われると人間逆上する。殴りかからんばかりの勢いだ。

『って、てめえ！』

『殴るんでしょうか？　僕も殴られたくはないので反撃しますが問題ありませんか？　ウエイトがある分、階級的には僕のほうが上ですよ』

朝生も朝生でむしろ挑発している。彼の言葉はハッタリじゃない。柔道黒帯だ。

『できれば穏便にしてもらわないと、大会に出られなくなるんで』

（なら、そんなこと言うなよ）

朝生がいかに超重量級の体重であっても六対一では分が悪すぎる。ここでボコボコにされようものなら、楓とて立場がない。

楓は思わず持っていたニンジンを置き、ぶら下げてある中華用のお玉を持った。そして、本来はやるべきでないことをやってしまう。カンカンカーンと一触即発の中で鳴るのはゴングの音じゃない。楓はお玉でテーブルを叩き、注目を自分へと向けた。

禁止事項その一、お玉でテーブルを叩いてはならない。

「食堂で喧嘩《けんか》するんじゃない！」

突如、やってきた白い制服姿のおねえさんに皆、ぽかんとなる。朝生だけは、「あちゃー」とでも言わんばかりに額を押さえている。

禁止事項その二、乱入しない。

「な、なんだよ、このおばさん……」

楓の頬が引きつる。言ったのは取り巻きの一人だ。思わず、ずいっと前に出てお玉を伸ばした。お玉部分で生意気な顎をぐいっと上向かせる。

「……なますにするぞ」

低い声が出たのは仕方ない。朝生がさらに頭を抱えている。

「な、なま……」

楓も思わず口に出してしまったのはいけないと思った。すぐ、お玉をひっこめる。

禁止事項その三、お玉は調理道具なのを忘れない。

楓が乱入したことに面食らったのか、とりあえず皆、落ち着いてくれたようだ。というより、青ざめている。微妙な沈黙が食堂の一画に流れる。楓もつい行動に移してしまったが、ここまで皆が黙ってくれるとどうすればいいのか迷ってしまう。

「すみません」

最初に沈黙を破ったのは、額を押さえたままため息をつく朝生だった。

「とりあえず包丁は置いてくれませんか」

一同が揃って頷《うなず》く。楓はお玉を持った手とは反対を見る。ニンジンは置いてきたが、包丁は持ったままだった。

禁止事項その四、包丁は持ち歩かない。

「では話を戻しましょうか」

朝生が何食わぬ顔で話を進める。

「おい、ちょっと待て」

待ったをかけるのは箕輪くんだ。

「なんで、食堂のおねえさまが座っているんだ」

ちらりと斜め前に座った楓を見る。

「喧嘩されたら困るから」

楓ははっきり言ってやった。包丁は置いて、剝き終わった野菜はコトコト煮込んでいる最中だ。しばらく放置しても問題ない。開き直った楓は、盗み聞きするのにも飽きたので堂々と会話に参加することにした。

「いや、でも……」

内容が内容だけに、楓には知られたくないようだ。

「おかーちゃんには黙っておくから、早くしなさい」

やはり母上がここで働いていることを知っているらしい。大変居心地が悪そうな顔をしつつ、黙る。今日は暇だとはいえ、何もやることがないわけじゃないのだ。早くすすめてもらいたい。

ピンク色の名刺は近くで見るといかにも可愛らしいデザインで出来ていた。プリンターで印刷するタイプの名刺で、側面の切り取り部分が少しギザギザになっている。

思わぬ乱入者がやってきたためか、箕輪くんはだいぶ落ち着いていた。というより、他に気にする要素が増えたので、猪突猛進に突っ込む真似はしないようだ。

「美人局って言ったけど、本当にそうなのか？」

「やっていることはそうでしょう。でも、問題は違うところにあります」

朝生は、名刺を観察する。

「高校生であると言いますが、まず本当なのかが問題だと思います」

つまり、と朝生は名刺をもてあそび、手品みたいに大きな掌《てのひら》から消したり出したりした。

無駄に器用だ。

「今回脅されたのは淫行《いんこう》処罰規定、よく淫行条例と言われるものを盾にしておりますが、相手が未成年じゃなかったら問題ないでしょうね。もちろん、無理やり行為を行えば強姦《ごうかん》

「おか!?」

罪が適用されますけど」

楓は思わずさげすむような眼を箕輪くんに向ける。箕輪くんは俯《うつむ》きつつ、蚊の鳴くような声を絞り出す。

「……ちゃいねえ」

「はっ？」

聞こえない。

「何も手を出しちゃいねえ……」

「えっ、ええっとマジで？」

「確か鞄《かばん》プレゼントしたって言ってましたよね？」

「今日は決めるとかなんとか」

取り巻きたちが、どんどん言ってくれるので、箕輪くんの長身はどんどん縮まっていく。

「つまり、向こうが勝手に酒を飲んだことで責められてるってだけですか」

「……」

無言は肯定を表すのだろう。いやいや、それでも未成年に酒を飲ませたら不祥事になる。昨今、事件が多いだけに下手すれば退学になる案件だ。

「わかりました。じゃあまず本当にこちらの高校の生徒なのか調べましょうか。すみません、こちらの固定電話を貸していただけませんか？」

朝生は楓に向かって言った。とりあえず他人だという体裁はばれていないらしい。

楓は一度テーブルを離れると、固定電話の子機を持ってきた。

「ありがとうございます、皆さんちょっと静かにしていてください」

朝生はパソコンの画面を見ながら番号を押す。ハンズフリー機能を使っているのか、朝生は子機を耳につけず、呼び出し音が聞こえる。

『はい、相良《さがら》高等学校です』

女性の声が聞こえてきた。

「すみません。島郷《とうごう》大学の者ですが、そちらに『室月いちご』さんという生徒さんはいらっしゃいますか？」

『どのようなご用件で』

「はい、先日キャンパスを解放した際、食堂に忘れ物があったようです。名前が書いてあったもので、その時に参加した生徒がいる学校をすべて当たっているんです」

『そういうことでしたか』

カタカタカタと受話器の向こうからキーボードを叩《たた》く音がする。

『残念ですが、うちの生徒ではないようです』

「そうですか。お手数をかけました」

『いえ、早く見つかるといいですね』

「ありがとうございます。失礼します」

と、朝生はプッと『切』を押した。

「というわけですが、いかが？」

あまりの手際の良さに皆唖然《あぜん》とする。楓とて呆れてしまう。

「いかがと言われても」

「信憑性《しんぴょうせい》がないというのなら、名簿を手に入れる方法もありますよ。五千円も支払えば、売ってくれる生徒は見つかります」

「それいいの？」

「よくないので使いたくありません」

あっけらかんと言ってのける朝生。

「じょ、女子高生ですらなかったなんて……」

「学校名だけを変えるという場合もありますから。彼女の写真はありますか」

スマートフォンをいじり写真のフォルダを開く箕輪くん。見せられた画面には満面の笑みでポーズを決める箕輪くんと嫌がるように顔を隠す女性が写っている。

「嫌われてんじゃない？」

「そ、そんなことは……、写真が嫌いだって言ってたから」

楓の言葉にショックを受ける箕輪くん。

「ふーん、どうせちゃんと撮れたらネットにでも載せるつもりだった？」

ぴくぴくと顔を引きつらせる箕輪くん、それに狼狽《うろた》える周りのメンバー。

（……やばいな）

朝生のことを文句言えない。どうやら楓もまた彼に喧嘩を売ってしまったらしい。ここでは喧嘩の仲裁として入っているのだ。忘れてはいけない。

朝生はじっと名刺を見ながらパソコンをいじっている。

「けっこう個人情報の流出には気を付けているみたいですね」

「そうなのか？」

箕輪くんの興味はそちらに移った。楓はふうっと息を吐く。

「名刺のメールアドレスはフリーのものですから。こういうのって普通、連絡が取りやすい携帯電話のものを使うと思います。相手の携帯のメールアドレスは御存じですか？」

「……知らない」

ここで今更周りの呆《あき》れた空気を描写したところで無駄だろう。

「でしょうね。でも、案外それでも面白いものが見つかりましたよ。そのメールアドレスで登録されていたものです」

カチャッとキーボードを叩いて朝生がパソコンの画面を皆に見えるようにする。キーボードを取り外すとタブレットになるタイプなのでテーブルの上にぺたりと置いた。そこには某簡易ブログの誰かのページが映っていた。アイコンはキャラクターのぬいぐるみだ。

「別になにも面白いことは書かれてないよね」

ごく普通にコンビニのお菓子の写真をのせていたり、一言何気ないことをつぶやいているだけだ。更新回数もフォロー・フォロワー数も少ない。

「これ、本アカじゃないでしょうね」

朝生はフォロー一覧をクリックする。相互マークがついているのは十人に満たない。

「なんか怪しいのがありました」

朝生はその中の一つをクリックして画面を開く。すると……。

いかにも最近の女の子らしいつぶやきが並んでいた。アイコンは顔写真だが、顔の一部は編集アプリで隠されている。でも、見る人が見ればわかる。

「い、いちごちゃんだ……」

アイコンにはもう一人男性が写っている。普通に考えると、それは彼氏なはずだが。

「隣にいるのは知っている人ですか？」

「おにいさん、だったはず」

「本当に？」

朝生は鬼だ、とても鬼だ。どれくらい鬼かと言えば、過去画像からマフラーを二人で首に巻いたり、おでここつんしてたり、細長い焼き菓子を両端から口に銜《くわ》えて食べていくゲームをする写真を見せつけるくらい鬼だ。

「飲酒も普通にやっていたようですし、当たり前のようにこんな物載せていますけどね」

『二十歳　誕生日おめでとう　あんな』

デカデカと書かれたケーキのプレートを嚙《か》んでいる写真。日付は一月五日になっている。

「出会った当時、成人していることは間違いないようですね。名前は『いちご』さんではなく『あんな』さんのようで。大学生ですけど、ここの学生じゃないですね」

「ちょっと聞いていい？」

楓が画面を見下ろしながら言った。

「なんでしょう？」

「なんでこのアカウントが怪しいってわかったの？　それから、最初から偽名って決めつけていたみたいだけど」

いくら朝生の勘が良くても、こうもさくさく当てられると不思議に思ってしまう。

「それは『苺《いちご》』という名前がおかしいからですよ」

朝生は皆に見えるように、大きな指先で漢字一文字を書く。

「いちご、まだひらがなだったら納得できたんですけど、漢字でしかも野菜の『苺』でしょう？」

野菜と強調しているのがなんだか朝生っぽい。フルーツに思えるが分類上野菜だ。

『苺』という漢字が人名に使われるようになったのは十年ちょっと前の話なんですよ」

「……そうなのか？」

相手が仮に女子高生だとしても計算が合わない。

「はい。最近では派手な名前がよく子どもにつけられていますけど、この国で名前に使える漢字は三千もありませんから」

「三千って十分多いだろ？」

（思った）

楓の疑問を取り巻きの一人が口にしてくれた。

「日本だけで漢字の数は五万あると言われてますけどね」

「ご、ごま⁉」

そんなにあるのか、と楓もびっくりする。

「たまに小説の中で、使えない漢字の名前があると校正が甘いなあって思ったりします」

(言わないでやってくれ)

とりあえず人の名前とは難しい。

「名前は途中で変えることはできますが、未成年のときは親の承諾がないと無理です。あと、成人してもちゃんとした理由がなければ、名前の変更はできません。漢字を変えず読み方だけ変えることは比較的楽にできますけどね」

『苺』が偽名だと思ったのはそこだと言う。

「ええっと、じゃあ、その『苺(仮)』ちゃんはお金を得るために近づいたってこと?」

「そうなりますね。過去にもどうやらやらかしているようで」

記事をたどっていくと、これはけっこうひどい話が入っている。電車に乗ったあと、『痴漢にあっちゃった』とか、そのあと、『おじさんがお小遣いくれた』とかその手のもの。

「痴漢の冤罪《えんざい》もやっているようなので、手慣れているわけですね。なかなか性質《たち》が悪い」

真っ白になる箕輪くん。髪の毛がはらりと一本抜け落ちた。

朝生の話を聞いていて、皆が納得する中で、楓は一つ引っかかることがあった。

「ねえ、出会いの場は図書館だって言ってたでしょ? おかしくない? なんで金を取ろうとするなら、もっと金持ってそうな人狙わないわけ？」

『……』

皆、一様に沈黙する。何か悪いことを言っただろうか、と楓は朝生を見る。朝生は眼鏡をくいっと押し上げていた。

「あの、たとえ本当のことだとしても、もう少しオブラートに包んで話すべきではないでしょうか」

朝生の言葉に周りの皆も頷《うなず》く。箕輪くんだけが真っ白になったままだ。

「多分、そのことについてなんですが一つ心あたりがあるんですよ」

「何？」

「『箕輪』という名字はここらでは珍しいです。この大学の名簿を見る限り、いるのは理学部に二名、ここにいる箕輪さんともう一人……」

朝生は大学のホームページを開く。トピックスと書かれた場所をクリックする。すると、『理学部三年生箕輪大輔《だいすけ》』と書かれていた。内容は書いた論文が賞を取ったらしい。

「みのわだいすけ……」

「箕輪さんすげー」

皆がわいわい言う中で、燃え尽きていた箕輪くんがようやく反応する。

「ちげーよ。俺は、だいすけはだいすけでも『大介《だいすけ》』だから」

漢字一字違いだという。

「はい、この立派な箕輪さんは、海外のシンポジウムに参加するかもしれないそうですよ。勿論《もちろん》、推薦された人は複数いるので決定ではないのですが、まだ三年生で話を聞けるとなれば、かなり大きいですよね。しかも、旅費は無料で」

(タダで海外)

それはいいな、とごく普通に考えてしまう。

「今回、賞をいただいたので一番有力候補だとわかりますよね」

「ええっとつまり」

「その本物の箕輪さんが不祥事を起こせば、喜ぶ人もいるかもしれないです。もしくは、何らかの理由で辞退してくれるなど」

しかも真面目な学生なので大学以外の図書館にも入り浸ることが多かったのだろう。

「ということは」

「人違いでしょうね、おそらく。お金が用意できないと言われたら、候補を辞退するように言われたのでしょう。言われたところで意味わかりませんけどね」

全員の目が箕輪(偽)に移動する。哀れみと自業自得の思いが入り混じった視線だ。

偽物の箕輪くんはがっくりと項垂《うなだ》れて燃え尽きていた。

4

相手は未成年ではない、むしろ詐欺まがいのことをやっていた。世の中便利なもので、ネットのＳＮＳを一個見つければいくらでも個人情報など出てくるらしい。いちごちゃんは、デキるＩＴデブこと朝生に身ぐるみをはがされたようなものだった。

「過剰に事を荒立てるのは品がないですけど」

人違いの上、散々脅された箕輪くんは真っ白なままで怒る元気もないようだが、巻き込まれた人たちは大変な迷惑だ。

「でも、このまま放置しても皆さんがすっきりしないと思いますから」

それから、朝生のやったことは、痴漢の冤罪についての証明だった。簡易ブログを一つ見つけたら、いちごちゃんの悪事はいくらでも出てきた。被害者全員と言わなくても、何件かなら予測できたのだろう。その中でたまたま連絡が取れた被害者がいたらしい。痴漢騒ぎのおかげで妻と離婚するとまで話が広がっていたので、朝生が提示した証拠に飛びついてきたようだ。損害賠償を請求するとまで意気込んでいるという。

「いちごさんのＳＮＳの更新、三日前からまったくありませんね」

スマートフォンをのぞきながら朝生が言った。学食での話し合いから一週間も経っていない。更新については三日くらいなくてもおかしくないと思うのだが。「廃人は一日離れるだけで恐ろしいことですよ」と言っていたがよくわからない。解決になったかどうかわからないが、あれから箕輪くんにも連絡はないそうだ。それどころではないのだろう。

楓は野菜を切りながら、「ふーん」とやる気ない相槌《あいづち》を打つ。

「あっ、アカウント消しました」

独り言のようでありながら、これは楓に事の顛末《てんまつ》を聞かせているのだ。朝生のことだ、証拠は十分摑《つか》んでいる。楓は一度包丁を下ろすと、手を洗って朝生の後ろに移動した。

巨漢のうなじからふわっといい匂いがする。自称身だしなみに気を遣うデブこと朝生は、不快にならない程度にうっすら香水をつける。それが妙にあっているので不思議だ。

「ねえ、思ったんだけど、これって黒幕いるよね？」

いちごちゃんが、理系のシンポジウムの椅子を欲しがるようには思えない。

「それならわかっていますよ。彼女と同じ大学の学生ですね。ちょこっと、学校の電話を借りて調べました」

なんでだろう、どうしてこいつはそんなアウトローなことが上手《うま》いのだろうか、と楓は呆《あき》れた目をする。元は育ちの良すぎるお坊ちゃんのはずなのに。

「図書館にいる箕輪という学生はいいカモになるとか、いちごさんの周りで吹聴していたみたいですよ。あの人たちが、あまり素行の良くないことを知っていて、運良く足を引っ張ってくれればいいとでも思ったんでしょうね」

「それって、あくまでいちごちゃんたちの独断にならない？　依頼したわけじゃないよね」

罪には問われないとなるとやるせない気分になる。そいつにとってプラスにはならなかったが、マイナスになったとも言えない。

「ええ。でも、今回カモからお金をせしめることに失敗した上、何故か過去の事件が明らかにされたんですよ。いちごちゃんたちは停学くらいですむとは思えないですし、その原因は最初の失敗、つまり変な噂話を持ち掛けた人物に結びつけるんじゃありませんかね。行動パターンを考えると、十中八九黒幕に詰め寄るでしょう」

朝生の眼鏡が曇って見えた。

「……うわあ、えぐい」

いちごちゃんたちの怒りの矛先はすべてそちらに向かうだろう。社会的にはっきり断罪されなかっただけに、陰から陰湿な嫌がらせやゆすりが行われるかもしれない。

けれど、これから起こる事件は朝生にも楓にも箕輪くんにも関係がないのだ。

「人を呪わば穴二つです」

朝生はスマートフォンを置くと、顔を上向きにして鼻をすんすんさせた。目がキラキラとしている。もう体格は立派な大人で、普通の大人よりかなり大きいのに、小学生の頃と表情が変わっていない。

「楓さん、お手伝いすることはありませんか？」

「はいはい。座って待ってなさい。すぐ出来上がります」

キッチンに戻り、フライパンの蓋《ふた》を取る。フライパンの中には、いい感じに焦げ目がついたハンバーグが並ぶ。フライ返しで持ち上げるとじゅわっと肉汁がはじける。ふんわり柔らかなハンバーグを楓は皿にのせた。

「ふぉおおおおおお！」

奇声が対面式キッチン越しに聞こえてくる。朝生が身を乗り出してきた。

「朝生くん、そこ立つと手元が暗くなるから座って待っていて」

楓が冷めた顔で言うが、朝生は目をきらきらさせてハンバーグに夢中だ。

(昔から変わんなさすぎ)

躾《しつけ》の厳しかった朝生の子ども時代は、お婆様の目をかいくぐったときにしか口に出来なかった。今自由に食べさせてあげたい気もするが、ネックになるのは朝生の体形だ。今は若くて健康だからいい。でも、将来その大量についた脂肪は確実に朝生の寿命を縮める。糖質取りすぎ、炭水化物がラブ過ぎ、体重百キロオーバー。響子に言われるまでもなく、楓は栄養士として朝生の体形をどうにかしたかった。

今回はご褒美ということで、楓の得意な低脂肪低カロリーな和食ではなく油脂分の多い洋食ハンバーグだ。体重が怖い。なので。

（いかにボリューム感を残しつつ、カロリーを下げるか）

肉汁あふれるハンバーグだが、その中には野菜をたっぷり入れている。炒《いた》めた玉ネギ、ニンニクに香辛料を混ぜる。それだけでなく、ソイミートなる食材が混ざっている。ソイミート、名前の通り豆のお肉だ。大豆の加工食品でダイエットによく使われる。乾燥した物を水で戻すと、粘土のようになる。肉を使わずソイミートだけ使う料理もあるが、ここにいるのは味とカロリーには煩《うるさ》い朝生だ。楓はソイミートをばれない量だけ混ぜた。でなければ、熱して美味《おい》しそうな肉汁をあふれさせるわけがない。朝生は楓のハンバーグ、正しくは楓の父が作ったハンバーグが好きだがその味は壊していないだろう。

「最高です、楓さん」

「はいはい、ありがと」

楓は大きな皿にハンバーグを四つ並べる。朝生にとっては小ぶりのハンバーグだが、正直、普通サイズのハンバーグは一個で一食分の摂取カロリーの半分に匹敵する。これでも十分多いのだが、朝生が満足する量としてはこれくらい必要だ。それに、楓としてはまだまだ工夫があった。

「楓さん、もしかして違うソース用意してます？」

目玉焼きはつけてやるがそれだけではどうにも面白くない。

「正解。プラスして中身も微妙に違うよ。当ててみてよ」

楓はそう言って、大根おろしと大葉とポン酢、ジャポネソース、乱切りトマトソースにデミグラスソースを見せる。

「はいはい、ハンバーグの前に、まずこれ食べていて。仕上げが残ってるから」

朝生にサラダボウルを渡す。ドレッシングは卵とニンジン、玉ネギを使った特製で、これがあれば野菜はいくらでもいけるはずだ。朝生は名残惜しそうにサラダを食べ始める。

（まず野菜を腹にためてもらわないと）

いきなり炭水化物摂取はカロリーを吸収してしまう。ご飯はハンバーグと一緒に食べるはずなので、野菜が無くなるまで見ておこう。

頃合いを見計らってランチプレートを朝生の前に持っていく。別々にしたほうが、ソースが混ざらないからいいのだが、実際は洗い物を減らしたいので仕方ない。

「どうぞ、目玉焼きのせはお楽しみに最後。和風ハンバーグから食べてね」

「いただきます！」

最初に大根おろしがのったハンバーグから攻めていく。

「？」

ハンバーグを一口食べたところで、朝生の動きが止まる。身体は微動だにせず、口だけは咀嚼《そしやく》で動いている。

（よく噛《か》め、よく噛め）

彼の咀嚼音にはハンバーグらしからぬ物が混ざっている。味わって、ごくんと飲み下した後、楓を見た。楓は「ふふん」と腕組みをして勝ち誇った顔をする。

「レンコンのシャキシャキ感。おろしとも合うでしょ？」

食物繊維たっぷりのレンコン、これをハンバーグに入れた。レンコンは煮物というイメージが強いけれど、楓は肉料理に混ぜるのが好きだ。地味な食材が歯ごたえによって時に主役を凌駕《りようが》するとさえ思っている。

父の作るつくねにレンコンが入っていると、いつも当たりだと喜んでいた。

「和風ハンバーグで、レンコン。ということは……」

朝生はジャポネソースに手を付けた。

これまた肉とは違う歯ごたえを感じているはずだ。

「!?」

「軟骨だと?」

「ふふふ、次のハンバーグはその二つを食べ終わってから。薄味を先に食べて」

トマトソースに箸《はし》を伸ばそうとした朝生に言った。本当ならナイフとフォークを使うべきだが、洗い物を減らしたいので箸で頑張ってもらう。

朝生は和風ハンバーグ二つだけで山盛りに盛ったご飯が無くなった。楓は炊飯器を持ってくると、大皿の上にご飯を盛ってやる。ちなみにご飯の消費が多いことも考えて今日は多めに炊いている。ただし、糸こんにゃくを刻んだものを入れたかさましご飯だ。

トマトソースに箸を入れた朝生は「OH!」とやたら発音がいい声をあげた。肉汁滴るハンバーグの内側から、柔らかく白い物が溶けだしている。

「こ、これは?」

チーズinハンバーグ、この組み合わせは破壊的だ。中のチーズはカロリー控えめなモッツァレラ。熱でとろける姿は誘惑しているとしか思えない。誘惑されまくっている朝生は、感無量という顔でハンバーグとご飯を食べている。楓は、笑いながらもっと食え、とサラダボウルに野菜を追加して横に置く。

満足した顔でトマトソースを食べ終わった朝生だが、まだもう一つハンバーグは残っている。目玉焼きがのったメインだ。

「最後は何が入っているんでしょうか？」

ワクワクする朝生に楓はしたり顔をする。

「別に何も入ってないけど」

「入ってないんですか？」

残念そうな顔をするが、それでもハンバーグには違いないと箸を伸ばす。

（本当に何も入れてないのよね）

クククッと楓は悪役さながらに笑い、ハンバーグを食べる朝生を見た。

何も入っていないはずのハンバーグ、でも、朝生の顔は輝いていた。

「肉汁が!?」

溢《あふ》れ出す肉汁とデミグラスソース、そして、ホカホカのご飯。

「他のハンバーグと根本的に違います！　何ですか、これは!?」

感嘆符をつけて朝生が楓に訊《たず》ねるがそれを教える楓ではない。

「企業秘密。ほら、野菜も食べる。あと、ご飯はこれで最後」

ご飯をすべて皿に盛り付け、炊飯器を空にする。三合も食べたら十分だろう。

朝生はハンバーグを嚙みしめていた。朝生の疑問の答えというのは――。

(何も入れてない)

つまり、ソイミートを入れていないことも示している。楓がハンバーグの順番にこだわったのはそれもあったのだ。いくら、肉の代用とはいえ、肉しかない旨《うま》みは引き出せない。混ぜ物をすれば、その旨みや肉汁も減ってしまう。

ここだけはカロリーを減らすことが出来なかったが、他の三つでだいぶ減らせたので良しとしよう。あと、ご飯の混ぜ物については、ハンバーグに夢中で気付かなかったようだ。

ハンバーグが余程気に入ったのか、大皿にはご飯がまだ残っていた。ふりかけでも用意するかと、楓がキッチンに向かおうとすると、朝生が楓のエプロンを引っ張った。

「どしたの？」

「あの……すみません、大変恐縮なのですが」

朝生は妙に恥ずかしそうに顔を赤らめている。

「なに？」

「とても品がなく、人によっては下品と感じることかもしれないですが、どうしても我慢できないんです」

紅潮した顔で目は少し潤んでいる。ぎゅっとエプロンを握られているので、楓は距離をおけない。

「ど、どうしたの？」

少しドキッとしながら、朝生から目をそらした。なんだ、これは、どういうことだ、と楓は混乱する。

「かけてもいいですか？」

「か、かけて？」

何を一体、と言ったところで、朝生は大皿を見つめた。

「ソース、ご飯にかけても問題ないですか？」

「……別に、いいんじゃない？」

「い、いいんですか？」

何故、そんなに罪悪感たっぷりの目で見るのだ。楓は、朝生の手をエプロンから外すと、キッチンに戻り引き出しからスプーンを取り出した。

「ほら、ソース足りる？　まだ少し残ってるから、足りないならかけるけど？」

「トマトソースを少し」

「了解」

楓は保存していたソースを取り出す。少し冷たいがご飯が温かいので大丈夫だろう。

朝生は口をぎざぎざに歪《ゆが》めると、ソースかけご飯なるB級グルメを美味しそうにいただく。

(何事かと思った)

楓は壁に寄りかかりながらほっとしていた。なんとも紛らわしい。

「別に、それくらいやったところで誰も怒らないけど」

楓とて何度かやったことがある。品が良いとは言えないが、どこぞのお宅でも一度くらい経験があろう。

「うちは駄目だったんです」

朝生は笑って言った。

(知ってる)

楓が最初にあった頃の彼はとても痩《や》せていた。食に興味がなく、ただつまらない顔で必要な栄養を摂取するだけの子どもだった。

楓はもしゃもしゃと美味しそうにB級グルメを楽しむ朝生を見る。ふくよかな頬がもごもご動き、切れ長の目が緩むのを見ると不思議とほんわかとなってしまう。食べ歩き番組で巨漢のタレントを使うわけだ。彼らは全身で食べ物の美味しさを表すのだから。

響子から朝生のダイエットに協力するように言われている。事実、極力カロリーは減らすようにしているし、メニューもヘルシー志向だ。

でも味は落とさないようにしたい。美味しく痩せてもらいたいのだ。

ご飯を全て食べ終わり、名残惜しそうに大皿を眺める朝生を見ると、楓は妙な罪悪感がある。まだまだ食べたいのだろうけど、もう十分食べたのだ。食べたから我慢してもらわないといけない。

でも——、昔から楓はその表情に弱かった。

冷蔵庫の奥からプラスチック容器と瓶を取り出す。容器の中には豆腐で作ったブラマンジェが入っている、瓶には先日作ったブルーベリージャム。ブラマンジェをガラスの器に盛って、ジャムをひと匙《さじ》だけかける。いくら低カロリーに作っても食べすぎたら意味がないのはわかっているのだが。

「はい、デザート」

楓の一言に目をキラキラさせる巨漢。

「事件を解決したご褒美だから。特別だからね！」

「はい！」

満面の笑みを見せる朝生を見て楓の顔もほころぶ。甘いなあ、と思いつつ、楓もまた甘さ控えめのデザートをつついた。

三、おだしとホームパーティ

1

「楓《かえで》さん。それなんですか？」

キッチンをのぞき込む朝生《あそう》は、楓がかき混ぜる鍋《なべ》をのぞき込んでいた。

「冷製スープだから、今飲んじゃダメ」

楓は鍋をお玉でかき混ぜる。中に入っているのはビシソワーズで、バターを使わずカロリー控えめに作ってみた。基本、和食が得意な楓だがたまに変わり種も作る。スープは冷ましてから、冷蔵庫に入れるのだ。七月も半ば、夏バテ防止メニューだ。

「ちょっとだけ」

「断る」

楓は朝生の申し出をズバッと切って捨て、洗い物をすることにした。朝生は悲しそうに肩を落としテレビをつける。ニュース番組だった。楓も洗い物をしながらぼんやり見る。

「詐欺容疑ねえ」

内容はとある質屋が貴金属の買い取りで詐欺をしていたという話だ。前に、パートさんが家に買い取りに来ると言っていたが、同じところだろうか。

「貴金属の買い取りってよくわかんないんだけど、どう詐欺するわけ？」

楓は泡のついたスポンジを揉《も》みながら聞いてみた。

「僕も詳しくありませんが、金の買い取りなら簡単にできるんじゃないですかね」

「どうやって？」

楓は首を傾げる。

「よく壊れたアクセサリーでも買い取りしますという看板があるじゃないですか」

「うん」

「あれはアクセサリーではなく、材料である貴金属に価値があります」

「それはわかる。宝石より金やプラチナは価格が暴落しないんでしょ？」

よくできました、と言わんばかりに朝生はニコリと笑う。

「はい。なので質屋では壊れた貴金属は重さで買い取りをします」

「じゃあ、重さを誤魔化したのかな？」

「その可能性もありますけど、純度も誤魔化しているかもしれないです」

「純度って純金とか十八金とか？」

「そうです」

朝生はルーズリーフを取り出して、筆記用具でさらさらと書く。『K24』『K18』『K14』と書き、それぞれ横に、『100』『75』『58』と書いている。

「小数点は省きますが、大体これが金の含有率ですね」

楓はスポンジを置いて手を洗うと、書かれた文字をじっくり見る。『K18』というのが十八金のことだとなんとなくわかる。

「十八金ネックレスってよく聞くけど、四分の一も混ぜものがしてあるわけ？」

「この割合が加工に適しているんですよ。金の特徴は、柔らかいことですから」

「純金使うと潰《つぶ》れちゃうわけね」

なるほど、と楓は頷《うなず》く。

「はい。なので銅や銀を混ぜます。種類と含有量によって色合いが変わってくるのでピンクゴールドやホワイトゴールドなどと言われたりもしますね。ただ、素人が色で金がどの程度使われているのか判断するのは難しいです」

機械を使って調べますね、と言われたら素人は鵜呑《うの》みにしてしまうだろう。壊れたアクセサリーなら、刻印が無くてもおかしくない。

「純金を十八金と言ってしまえば、価格は金の分だけ減りますから」

「二割から三割儲《もう》かるわけか。警察早く捕まえればいいのに」

この手の詐欺は、知識がない人間を狙ったり、気が弱そうな人間を狙うはずだ。

「楓さん。悪徳業者に騙《だま》されないようにするにはどうすればいいのかわかりますか？」

「弱みを見せない」

「楓さんって、体育会系ですよね。金のことで、もっと理論的にお願いします」

「金ねえ……」

つまり本物がわかればいいのだろうか。さっき、金は柔らかいと言っていた。

「傷をつけてみるとか？」

「はい、一つの正解ですね。でも傷つけずに調べる方法があります」

朝生はキッチンの戸棚からガラスのコップを取り出すと、水をなみなみとあふれる寸前まで注いだ。コップを皿の上に置き、引き出しから箸置《はしお》きを取り出して中に沈める。

「楓さん、水の比重は？」

「1でしょ」

「はい。この箸置きは少なくとも水よりも重いです。体積は皿にこぼれた水の量ですね」

「あっ」

楓は気が付いた。

「重さが違うんだ！」

「そうです。金は比重が大きいのが特徴です。銀や銅が混じっている場合、どうしても比重が下がります。もっとも、中が空洞であったり他の飾りがついていたり、タングステンといった比重がよく似た金属が使われていると意味がないんですけどね」

「なるほどねえ」

楓は納得しながら、コップの中の箸置きを見る。

「金なんてもの一般庶民な私には縁がないけど。響子《きようこ》さんならわかるけどさ」

「響子さんといえば」

朝生が思い出したように、玄関に向かった。靴箱の上から何かを持ってくると、楓に見せる。はがきだ。パーティのご案内で出席の有無を問うものだった。

「響子さんから？」

「ホームパーティのご案内です」

「……」

いや、普通ホームパーティで招待状なんて出すものだろうか。宛名《あてな》を見ると『神坂響子《かんざか》』となっている。『神坂』とは、朝生がお屋敷にいたころの名字だ。今の朝生は、響子の旧姓である。響子は戸籍上『神坂』の姓を外しているが、芸名としてまだ使っている。

（ホームパーティか）

ああ見えて凝り性な響子のことだ。料理は美味《おい》しい物を準備してくれているに違いない。

「行きます？」

朝生の誘いに楓は目を輝かせる。ホームパーティならこぢんまりしたものだろうし、楓は響子の手伝いをしつつ料理を摘《つ》まむことが出来ればそれでいい。ちょうど休日だ。

「行っていいの？」

朝生は無言で、はがきの宛先を見せた。『朝生　雪人《ゆきひと》』『駒月《こまつき》　楓』で連名になっている。

「部屋番号忘れたのかな、響子さん」

「そう取りますか、楓さん」

朝生ははがきを置くと、コップの水を捨てて箸置きを取り出した。何かしら呆《あき》れた表情だった。

2

あんぐりと口を開ける楓はまず四方を見渡し、次に己の恰好《かっこう》を見直した。上は夏物バーゲンで買ったチュニックに日焼け防止のために羽織ったカーディガン、下は動きやすさを重視したスラックス。対して周りの光景と言えば……。

「エントランス広いね。体育館くらいあるんじゃない？」

「そこまではないと思いますけど」

「ねえ、なんで受付みたいな人いるわけ？　ホテル？」

「コンシェルジュです」

「なんか図書館みたいなの見えるんだけど」

「ライブラリルームが付いているのがここの売りですね」

（Ｔｈｅ！　場違い！）

楓はペロッと舌を出して、己の額を叩《たた》いた。おどけたついでに、朝生に八つ当たりで軽く殴りかかる。

「何をするんですか？」

朝生の恰好は普段と変わらないように見える。しかし、元々質の良いものしか着ないのだ。バーゲン品の楓の恰好とはわけが違う。

響子は売れっ子料理研究家だ。それなりの住まいに住んでいるはずだし、手切れ金代わりにマンションを貰《もら》っているくらいなのだ。朝生のマンションに毛が生えたくらいのところに住んでいると思っていたのだが、見通しが甘かったらしい。

「……帰りたくなってきた」

「そんなこともあろうかと」

朝生はどこからともなく紙袋を取り出す。財布とスマートフォン以外、手ぶらに見えたのだが。

「どこから出したの？」

「おデブの秘密です」

ウインクして可愛く返されても困る。中を見ると、クリーニングに出されたであろう服が入っていた。一見カジュアルなデザインだが、物がいいワンピースだった。

「響子さんの物ですけど、新品が良かったですか？」

「いや、それは困る」

「身長は同じくらいでしたよね」

「身長はね……」

スタイルについては何も言うまい。とりあえずワンピースなので、背丈さえ同じならなんとかなる。

「髪型については任せてください。僕がやります」

またどこからともなくヘアメイクセットを取り出す。

「朝生くん、そういうのどこで覚えてくるの？」

不思議でたまらない。いや、重量オーバーをのぞけばこの男に欠点というものはほとんど存在しないのだが。

「高校時代に文化祭の出し物で、女装喫茶なるものを提案し、僕は服が合わずに裏方に徹しまして」

「うん、聞かなきゃよかった」

「髭《ひげ》の生えかけた男子学生をメイクするのに比べたら、女性相手はすこぶる楽です」

「一緒にすんなや！」

思わず声を荒らげてしまい、しまったと周りを見る楓。コンシェルジュがニコニコ笑っている以外は誰もいなくてよかった。朝生は堂々とした動きでコンシェルジュに挨拶《あいさつ》をする。楓はその後について行き、ぺこりと頭を下げた。

「パーティルームは、最上階です。向かって右のエレベーターをご利用ください。ゲストルームの鍵《かぎ》はこちらです」

コンシェルジュからルームキーを渡される。

「パーティルーム？　ゲストルーム？」

意味はわかるが使い慣れない単語を反芻《はんすう》する。

「響子さんの部屋でやるのではなく、パーティルーム借りているんです。あと遅くなるので、ゲストルームも借りました。明日も休みですよね？　着替えはそこでやればいいです」

「感覚がやっぱ庶民じゃないね」

「たまにはいいじゃないですか」

朝生はそういって、エレベーターへと向かった。エレベーターはいくつかあり、高層階と低層階に分かれている他、来客専用もあった。

「有名人がたくさん住んでいるので、部外者が中に入る場合、セキュリティもしっかりしているんです」

プライベートスペースに部外者が入らないように、パーティ客などは違うエレベーターを使うというわけだ。

「……芸能人もいるの？」

「多少。大体がどこぞの社長だったり重役だったりしますけどね。同じ階でも交流することは滅多にないため、誰が住んでいるかなんてわかりませんけど」

なるほどねえ、と楓はエレベーターに乗る。タワーマンションのため、エレベーターの速度が速い。楓は思わず、かかってきた重力にふらりとなってしまう。耐えるためにエレベーターの隅にある椅子に座った。楓のような人がいるために置いた椅子だろうか。

「大丈夫ですか？」

「うん、大丈夫」

八階につくと、朝生はルームキーを通して部屋に入る。エレベーターを使うのもルームキーがいるようだ。下手にいろんなところには入り込めない。

「ホテルみたいだけど、間取りはマンションなんだ」

「はい。でも、入居者の知り合いしか入れないので値段はリーズナブルになっています」

朝生が大きな指を一本立てる。この広さで一万円なら安いだろう。窓の外を見ると街が一望できる。2LDKの間取りだが、リビングの広さは朝生の家より大きい。ゲストルームというが、他の部屋と同じ間取りで作られているのだろう。

「今日は帰るつもりだったんだけどな」

寝室の大きなベッドにダイブする楓。この手の所作はお約束だ。

「実はその件でご相談があるんですが」

「何？」

ちょっと言いにくそうに朝生が頬を掻《か》いている。

「申し訳ありませんが、響子さんの部屋に泊まることは可能ですか？」

「……別に問題ないけど？」

なぜ、改まって聞くのだろうか、と楓は首を傾げる。むしろ、こんな立派な部屋に無料で泊まったら申し訳ない気分になる。向こうの都合とはいえお金を払わないと悪い気がするのだ。向こうは気にしなくても。

「本来ならもう一つ部屋を借りられたらよかったんですけど、他のゲストの手前難しかったみたいで。僕が響子さんの部屋に泊まれば問題ないんでしょうけど」

（それじゃいけないのか？）

楓は一瞬考えて、気が付いた。響子は死んだ旦那《だんな》の名字を息子のために未《いま》だ使っているくらいだ。朝生のことについては出来るだけ静かにしておきたいところなのだろう。

「……変なマスコミとか、このマンションに来るの？」

「普段はそんなことないんですけど、最近それっぽいのがいるって話なんで一応。本命は別でも、ネタになりそうだったらなんでも食いつきますから」

「別にばれたところで親子だから問題ないだろうけど」

「前に『新恋人!?』という見だしで後姿を撮られたことあったんですよね。なぜか僕はIT系の社長になっていました」

しかも、高校生の時と付け加えられた。響子はその時もう売れっ子だったので、レギュラー番組の放映局近くのこのマンションに一人暮らしになっていたらしい。

「刷られる前にもみ消したみたいですけどね。あちらの家が」

（あちらの家ねえ）

つまり朝生の父方の実家だ。どう見てもマスコミが悪いのだが、朝生も響子も居心地が悪かっただろう。大学で起きたストーカー事件や美人局《つつもたせ》についてやけに迅速な判断をしていた朝生だったが、生い立ちを考えると立ち回りが上手《うま》い理由もわからなくもない。

（しかし）

と、楓は朝生を見る。

「朝生くんってさ。けっこう引き寄せる体質？」

「いきなり何を言い出すんですか？」

「だって、上半期だけでも面倒ごとにいくつも引っ掛かっているじゃない」

どれも刑事事件に発展してもおかしくないものばかりだ。ストーカー事件では知り合いではなくとも被害者は出ているし、美人局も脅迫だ。細かいものは他にもいくつか首を突っ込んでいるみたいだ。

「一年のときも同じような感じで巻き込まれたんじゃない？」

朝生は呆れた顔で、備え付けの冷蔵庫を開ける。中には飲み物が入っていて、ミネラルウォーターを楓に渡す。自身は、オレンジジュースを手にした。

「巻き込まれたのではないですよ。ただ、僕は気が付いただけです」

「何が？」

朝生はオレンジジュースを飲み干す。二本目に取り掛かろうとしていたので、楓は「だめ」と冷蔵庫の扉をガードする。果糖は太りやすい、濃縮還元なら食物繊維も入っていないのでさらにダメだ。

朝生はつまらなそうにリビングのソファに座った。時計を見てまだ時間に余裕があることを確認する。

「日本の一年間の行方不明者数は知っていますか？」

「……どれくらい？」

「八万人くらいです」

「そんなに!?」

日本は先進国で法治国家なので、そんなに人がいなくなるわけがないと思っていたのに。

「と、言っても警察に届けられた家出人捜索願がその数というわけですね。子どもが家出した場合、見つかってもその数に数えられますし、出先で事故などにあって亡くなられた場合もあります。結局、見つからないままで終わるものは千から二千件ほどだそうです」

「二千ねえ」

多いような、少ないような、いや、それでも多いなと楓は思う。

「僕らが今住んでいる街は、人口が二十万ほど。つまりその中でも、数人はどこへ行ったかわからないわけで、街中で何度かすれ違った人物の可能性は十分にあります。行方不明者でなくても、殺人や詐欺、暴行を今から行う人と年間何度すれ違っているのか。もしかしてすれ違った瞬間、何か前触れになる信号を出しているのかもしれないですね」

「いや、そんなのわかんないから」

「はい、わからないんです。何が言いたいかと言えば、事件の種は周りに案外あふれている。ただ、気付くか気付かないかは人それぞれというわけです」

楓は頭をひねりつつ、ミネラルウォーターを口にする。

「つまり事件はけっこう周りにあるけど、大体の人は気付かないだけってこと？　朝生くんは気付く側の人間だっただけって話？」

「はい、そんな感じです」

自信満々に言う朝生に対して、楓は目を細める。

「フィクションの名探偵ではないので、僕は事件を自分で引き寄せているわけじゃないんですよ。悪しからず」

「そういうことにしておいてあげる」

楓はワンピースが入った紙袋を手にすると、隣の部屋で着替えることにした。

3

「本当に上手いから信じられない」

楓はエレベーター前の鏡に向かって背中を向ける。アップにされた髪は、美容師にやってもらったかのように綺麗《きれい》にまとまっていた。髪飾りはつけていないが、サイドを編み込みにして、毛先はふんわりと仕上げている。しかし、ホットカーラーはどこから出したのか、謎が残った。脂肪の中に、秘密のポケットでも隠し持っているのだろうか。

「カリスマ美容師になれるでしょうか」

「あと四十キロ体重落としたらね」

その前に無免許ではいけない。生憎《あいにく》、うちの大学では取れない資格だ。

エレベーターが止まり、乗ろうとしたら、朝生に止められた。リネンを運ぶワゴンが乗っていて先に降りる。楓はぺこりと頭を下げたが、忙しいのかリネンを運ぶ業者はそのまま通り過ぎた。

「……」

朝生はちらりと横目で見て、エレベーターに乗る。パーティルームは最上階にあるのだが、次の階で止まった。ガヤガヤと話をしながら入ってくる一団がいる。男女合わせて七人、年齢は三十代から五十代くらい、皆、セレブの空気を漂わせていた。

「お久しぶりです」

朝生が頭を下げる。

「おっ、雪人くんか！　お、……大きくなったね！」

お洒落《しゃれ》なひげを伸ばしたおじさんが言った。「大きくなったね」という言葉に体重の増加が含まれているようだ。朝生の知り合いということはパーティの出席者だろう。

「誰ですか？　この方」

ちょっぴりフェロモンをまき散らした二十代半ばくらいの女性が聞いてきた。スタイルがよくほんわか香水の匂いが漂ってくる。

「先生の身内だよ。僕は昔から知っているから。隣の女性は？」

楓をちらりと見るナイスミドル。

「こちらは駒月さんですよ。ほら、小料理屋『もみじ』の」

朝生が楓を紹介する。『もみじ』とは、昔、楓の父が経営していた店だ。お屋敷で働く前は小料理屋をやっていた。ずいぶん昔のことだ。

「……もしかして、楓ちゃん？」

「えっと」

楓は唸《うな》りつつ、古い記憶を呼び起こす。今より髪の毛のボリュームを増やして若くすると……。

「ほ、本屋のおじさん？」

楓はふと店の常連だった人物を思い出した。楓がおしぼりを持っていくと、いつも頭をわしゃわしゃ撫《な》でていた人だ。おでこの表面積が増えて、目じりに皺《しわ》を増やしたら、目の前のおじさんになる。本を売っていると聞いていたから本屋さんだと思っていたけど、この様子だと本を作るほうの仕事のようだ。

「えっ、えっ!? 本当に、本当に」

楓は思わず声を上げてしまい、恥ずかしくなり顔を隠す。響子が楓を呼ぶわけだ。おそらく他の出席者にも昔の常連がいるのかもしれない。

いつまでも話を続けるわけにはいかず、皆エレベーターに乗ってきた。しかし――。

ブーブーと大変嫌な音が鳴った。エレベーターにはすでに二人乗ってさらにプラス七人。狭い。最後に足を踏み入れた女性が恥ずかしそうに顔をゆがめている。

「あっ、すみません。どうぞ」

すかさずエレベーターを降りたのは朝生だった。その体形でどうやって人と人の間をすり抜けたのかわからないくらいスムーズに降りる。

「なんせ体重三桁《けた》ありますからね。皆さまの二人分のスペースを取ってはいけない」

明るい口調でいうものだから、和やかな雰囲気になる。楓も一緒に降りようかと思ったが、エレベーターの操作盤の前にいるので仕方ない。

「先行っているから」

「はい」

楓は『閉』ボタンを押して、パーティルームに向かった。

エレベーターを降りると楓は本日二回目の後悔におそわれた。

(ホームパーティって言ったよね……)

エレベーターで一緒になった七人、あと数人増えて十人くらいだと思っていたけど。

(一クラス分はいるし)

三十人近くいるのではなかろうか。料理はテーブルに並べられた立食パーティで、気軽と言えば気軽なのかもしれない。セレブ目線では……。

ワンフロア貸し切りだ。

楓は今日、手伝いに徹しながら料理を楽しもうという魂胆だったのだが、その必要もなさそうだ。給仕のおにいさんがいた。

「ドリンクは何になさいますか？」

「……おすすめで」

「かしこまりました」

顔を引きつらせながら受け取ったシャンパンの味なんてするわけなかった。できれば後日、いただけないだろうか、という良い香りのシャンパンだったのに。

「響子さんが主催だけに料理が楽しみだねえ」

「はい」

本屋のおじさんが話しかけてくれるのが、幸いだった。バーゲンものの服を着替えていたのも幸いだった。メイクは朝生がしてくれたがおかしくないだろうか、と鏡のように磨き上げられたワゴンで確認してしまう。

（早く来てくれないかな？）

楓はそわそわしながら、パーティ会場を進んでいく。おじさんは人気者のようで、他のゲストに話しかけられていた。仕方なく響子を探す。響子はフロア中央にいた。立派なグランドピアノを背景にワインレッドのドレスを着た美女は、とても絵になっている。現在、百八キロの息子さんがいるとは思えない。壮年の男性と話していたようだが、楓に気が付くと手を振ってくれた。

「いらっしゃーい。いっぱい食べてね」

「もう胃がちっちゃくなっているんですけど」

「うそぉ。雪人ほどじゃないけど、楓ちゃんも結構食べるでしょ」

（ううん、そういう意味じゃない）

　雰囲気に呑《の》まれているという意味だ。楓は苦笑いを浮かべながら、周りに聞こえないように響子に話す。

「どこがホームパーティなんです？　セレブの社交の場に庶民を巻き込まないでください」

「ちょっと派手だとは実は思ってたんだけど」

　響子は小さな声で耳打ちする。

「税金対策も含まれているのよ」

「なるほど」

　楓は納得した。ご近所さんや親類を集めたというより、業界人が多い気がする。さっきの本屋のおじさんだってそうだ。一緒にいた人もスタイルが良い美人ばかりだっただけに、雑誌のモデルだったのかもしれない。

「それに、お料理は半分手作りで頑張っているし、全部はさすがに無理」

響子はにやりと笑う。普段、楓の料理を食べる側だが、彼女の料理は美味《おい》しいことを知っている。昔の口癖は「これで旦那《だんな》落としたのよ」だった。縮こまっていた胃がだんだん元の大きさに戻ってきた。

「雪人は？」

「ああ、それなら」

エレベーターの重量オーバーで一人後から来ることを伝えると納得した。

「痩《や》せたらいいのに」

「ほんとに。運動はしているし、料理も工夫しているんですけど」

消費カロリーをこえて食べるから仕方ない。

「いっそ、私がご飯作らないほうがいいのかなあ」

「ああ、それは駄目駄目。あの食事量で外食なんてさせたらほんと恐ろしいわ。タダで楓ちゃんに部屋貸すほうがよっぽど経済的なのよ、わかる？」

「私も追い出されると困ります」

楓は真剣な顔で響子を見る。今と同じレベルの部屋を借りようものなら、楓の収入の半分以上が飛んでしまう。

「だけど、来るの遅いなあ。エレベーター混んでるのかなあ」

「今日使っているのはうちの参加者くらいなんだけどねえ」

そういう響子の周りに、ゲストがまた集まってきた。

「ちょっと見てきます」

楓は妙に意識が高そうな集団には慣れないので、そそくさと退散する。エレベーターのほうに戻ると、ふっくらした巨漢がちょうどやってきたところだった。

「遅かったね」

「はい、なかなか降りてこなかったもので」

朝生はちらちらとエレベーターを振り返る。

「ドリンクはいかがでしょうか？」

首を傾げる楓を横に、朝生は給仕のおにいさんにオレンジジュースを注文する。この男、アルコールはあまり好きではない。

「こういう場でも飲まないの？」

「楓さん。僕はまだ未成年ですよ」

「……ごめん、恰幅《かっぷく》が良すぎて忘れてたわ」

「包容力がある男は嫌いですか？」

どうしてこうも前向きなのだろう。呆《あき》れつつ、ほっぺに人差し指を突き刺す。

朝生は早速料理を物色し始める。部屋の中はエアコンで快適な空調に設定されていたが、アルコールを摂取した身体には少し暑かった。ひんやりとしたジュレでもいただこうか、と思ったら朝生が皿に料理をのせて持ってきた。

「どうぞ」

紳士めいた動きだが、渡されるのが料理である。

（心でも読まれたかな？）

皿にのっていたのは柚子《ゆず》を半分に切って器にした和《あ》え物だった。海鮮と夏野菜が柚子ジュレで和えてある。一口食べると、すうっとジュレが体温で溶けだして、味が広がる。野菜の歯ごたえと海鮮の旨《うま》みが後からやってきて、思わずシャンパンを飲み干した。

「日本酒ないかな……」

「聞きましょうか？」

「うん、……いや、やっぱいい」

楓は和え物を平らげて、じっとくり抜かれた柚子の皮を見る。

「楓さん、皮は食べられないと思います」

「食べないから」

朝生につっこみ返し、楓は料理が並んだテーブルに近づく。小鉢に煮物に焼き物と、和食が並んでいる。困ったことに、どれも見ていて涎《よだれ》が出る。

「食べ物の好みって本当に今まで食べてきたものに由来しますよね」

朝生が笑うのを見て、楓は魂胆が見えてきた。

「本当に久しぶりだ、この味」

懐かしそうに本屋のおじさんが小鉢をつついている。ニンジンが丁寧に紅葉型に細工されてある。楓は場内を見まわす。お洒落《しゃれ》な業界人の隙間を潜り抜け、備え付けのキッチンスペースに向かう。

響子がいつの間にか、戻ってきていて料理を作っていた。料理の減りが思ったより早かったのだろう。楓も手伝おうと腕まくりをすると、「よし来た」と言わんばかりにエプロンを渡された。

「響子さん、今回の料理って」

「わかる？　松雄《まつお》さんからレシピ提供してもらったの入っているの」

道理で食べ慣れた味だと思った。松雄とは楓の父のことだ。キッチンにはもう一人、中年の料理人が入っていて忙しく動いている。

「楓ちゃーん。これ仕上げお願い」

響子が、大型冷蔵庫からテリーヌを取り出す。

「バイト代はウエルカムドリンクのシャンパン一本でいいですよ」

「俺もこんなに忙しいとは聞いていないので、追加手当でそれ頼むわ」

おじさん料理人もこれ幸いとばかりに言ってくる。馴染《なじ》みらしく、軽い口調だ。

「ちょ、ちょっとそれじゃあ私の分が無くなるんだけど」

響子が慌てるが知ったことではない。

父のレシピが和風なので、響子のレシピは洋風でせめているに違いない。さすがに作りおきの物ばかりになるが、それでも十分美味しい。楓もこそっとつまみ食いをしたくなるのを我慢して、とりあえず一つずつストックしておくことにした。あとで夜食に食べよう。

(太っちゃうけど)

フォアグラやキャビアなど、滅多に食べられない食材を見過ごせるわけがない。朝生が聞いたら目を細めて文句を言いそうだけど、仕方ないのだ。美味しいものは美味しい。

響子の知り合いだけにゲストには食通が多いようだ。どんどん運ぶ料理は次々消えていく。ただ、食べるというより、味わっているところは作り手冥利《みょうり》に尽きる。

「みんな、よく食べるね」

「ああ。変わんないわー」

しみじみと言う響子は、ちらりとパーティ会場の隅を見た。テーブルの一角に大きな写真が一枚飾られている。古風な平屋、看板には『もみじ』と書かれている。今とほとんど変わらない姿の響子、横には朝生少年、さらに横には柔和な顔の美青年が立っている。

（ああ、そうか）

写真は朝生とその両親のものだ。よく『もみじ』に来ていた。楓は今からは想像がつかないほどはかなげな美少年だった朝生に対して、散々お姉さん面をしていたのだ。

（十回目の命日だっけ？）

朝生の父はもともと身体が強くなかった。なまじ有能なのがいけなかったのだろう。神坂は古めかしい家族経営をしていた。身内の出来が悪い分、すべて朝生の父に圧《お》し掛かり、結果、身体を壊したのだ。痩せていくおじさんが口に出来た物は少なかった。その一つが楓の父の料理だった。

「私の料理がくどいっていうのよ、ひどくない？　松雄さんの酢の物が食べたいって」

笑いながらテイクアウトする響子を思い出す。松雄はいつも響子からの注文だけは断らなかった。店を閉めた後、神坂家の料理人にならないかとお誘いを受けた。

「松雄おじさんが来てくれたらよかったんですけど」

朝生はキャビアがのったカナッペを口にしながら言った。

「無理に呼ぶわけにもいかないからねえ」

響子が笑う。父は今、田舎で細々と趣味のような料理屋をやっている。

「白いご飯が欲しいです」

朝生のわがままに料理人のおじさんが「あるぞ」とお釜《かま》を叩《たた》く。楓と響子が憎らし気ににらんだので一瞬ひるんだ。楓がすかさずしゃもじを手にする。

「朝生くん。私がよそってあげるね」

「楓さん。丼ぶりについでくれると嬉《うれ》しいです」

「ないわよ、んなもん」

「あるよ。希望者には茶漬けにするから」

悪い人ではないと思うが、このおじさんには空気を読んでもらいたい。

「具は何ですか？」

「鮭、梅、わさび、あとヅケかな。鮭ならいくらをのせて親子茶漬けなんてどうかな？」

「そちらでお願いします！」

楓は料理人を睨《にら》みつつ、テリーヌを切っていく。

すると、部屋に備え付けの電話が鳴った。楓がとる前に、給仕のおにいさんがとってくれた。何やら話したあと、保留にして響子を呼びに行った。

「はい、かわりました」

響子の表情が曇っている。なにか悪いことでも起きたのだろうか。

「どうかしたんですか？　響子さん」

受話器を置いたところで、朝生が聞いた。

「それがね。ここの住人に家宅捜索が入ったみたいなのよ」

朝生はちらりと時計を見た。

「この時間帯なら、税務署というわけではないですねえ」

「そうなると警察？」

「おそらく」

楓は目を細める。つまり、警察の家宅捜索が入ったので迷惑をかけますという連絡だったらしい。

「警察って、物騒じゃないんですか？」

楓は響子に聞く。しかし、響子は人差し指を顎《あご》に当てて首を傾げる。

「たぶん、あそこだと思うな。ほら、最近、テレビでよく出る貴金属買い取り詐欺の」

「えっと、質屋さんの話ですか？」

ちょうど数日前に話したものだ。

「ええ。そこの社長、ここに住んでるから」

あっけらかんと言ってくれる響子。

「よく知っていましたね。確かに、成金が好みそうなマンションですけど」

「ふふ、お母さまを何気に成金呼ばわりするんじゃないの、息子」

響子がご立腹なので、楓がかわりに朝生の頬を引っ張る。マシュマロのような弾力だ。

「情報通がここには多いから」

ほら、と響子は本屋のおじさんを指した。

「昔は週刊誌なんかやってたから、詳しいよ」

人が良さそうに見えるおじさんなのに、と楓は目を細める。すごい世界だな、と思いながら楓は皿に料理を盛りつけた。

4

パーティはそのあと、軽くゲームや出し物をしてくれた。有名なバイオリニストも来ていたので生演奏がすごかった。何気にピアノの伴奏を朝生がやっていたのは驚きだったが。

（こいつ、本当に何者だよ）

つっこんだところで「才色兼備のデブです」と答えそうなので聞かなかったけど。

この手のパーティでもビンゴゲームをやるとは思わなかった。楓は参加賞のハンカチが貰《もら》えた。

「それではまた」

パーティが終わると、次々帰っていく。簡単な片付けは済ませて、あとは清掃業者にお任せするのだ。エレベーターに楓と朝生、響子の三人が乗る。

「楓さん、僕も下まで降りますので押さなくていいですよ」

「見送りならいいよ」

「いえ、そういうわけじゃないです」

朝生は操作盤の上を見る。『定員九名　重量六百キロ』と書かれてある。のぼってきた時は九名でブザーが鳴ったので、やはり重量オーバーは朝生のせいに違いない。

一気に下がるエレベーターは重力がかかってやはり気持ち悪い。途中の階は止まらないため、楓は操作盤から離れ、また隅っこにある椅子に座る。

「たまに思うけど、こんだけ高いビルのエレベーターだと途中で止まるとか考えると怖いですね」

もし、支えているワイヤーが切れたら、なんてことを考えてはいけない。

「そのためにマメに点検が入るのよ。この間も来てたし」

「別に落ちなければ特に問題ありませんよ」

「落ちなければって。止まったらいつ救出に来るかわからないし」

その間、怖くないのかと楓は首を振る。

「楓さん。ほら」

朝生がエレベーターの天井を指した。

「エレベーターは密室になるため、犯罪が起きないように監視カメラをつけられることが多いんです。閉じ込められても、ここで見られます」

「ええっと中の異常はわかるわけね」

「それに、エレベーターには閉じ込められたときのために、非常食なども置いてある場合がありますよ」

楓はエレベーターを見まわした。

「そんなものどこに……」

周りを確かめているうちにエレベーターが停まった。扉が開くと、まず目に入ったのは、制服を着た集団だった。段ボール箱をいくつも持っているようだが、どうみても引っ越し業者には見えない。

「うわあ。大がかりねえ。家の片付けが大変だわ」

響子が呆《あき》れたように言った。楓ははじめて見る光景に目を丸くするが、響子も朝生も涼しい顔をしている。朝生はじっと運び出される荷物などを見ていた。

「エレベーター使えるんですか？」

「高層階行きは二つあるから大丈夫よ。それにしても迷惑ねえ」

確かに響子の言うことはもっともだが、好きでこんな時間に家宅捜索するわけじゃないのだろう。朝生はエントランスのソファに座る。

「もしかして、野次馬のために降りてきた？」

「知的好奇心という人間的欲求に従ったまでです」

「言い換えても野次馬は野次馬だよ」

楓とて気にならないわけではないが、いつまでも借り物のワンピースを着ているわけにはいかないので響子について、また違うエレベーターに乗る。

響子の部屋はゲストルームよりも広く、お洒落《しゃれ》な雰囲気だったがあまり生活感はなかった。靴をそろえて中に入る。楓の手にはあとで食べようと取っておいた料理がある。

「楓ちゃーん。ワイン飲む？」

「はーい。でもその前に着替えていいですか？」

「いいけど、荷物は？」

楓はしまった、と己の頬をぺちっと叩いた。ゲストルームに荷物は置きっぱなしだ。今手元には財布とスマートフォンくらいしかない。

「明日とりに行けばいいわ。ちゃんと楓ちゃんのために浴衣《ゆかた》と下着用意しているから！」

「浴衣はともかく下着もですか⁉」

「ふふ、勝負に使えるわよ」

響子は、にやりと笑いながら、黒い紐《ひも》のような下着を指先に引っ掛けてくるくる回す。

楓は真顔のまま、玄関に引き返す。

「あっ。楓ちゃん、じょうだーん。冗談だから、ねえ、違うの、違うやつあるから」

「とりあえず荷物とってきまーす。浴衣は借りますね」

楓はぱたんと外に出た。


「どうしたんですか？　楓さん」

朝生はまだエントランスのソファの上に座っていた。

「コンビニ行ってこようかと思って」

「なん……、ああ」

（なぜ納得する、なぜわかった顔をする）

察しが良すぎるのも困ったもので、思わず襟首を掴《つか》まえて左右に振ってしまった。

「僕が可愛い赤ん坊だったら、揺さ振られ症候群になっていましたよ」

朝生は襟を正しながら言った。

「うん、昔は可愛かった。昔は」

楓にはそれ以上もそれ以下もない。

「まだ終わっていないんだ」

「ええ。どれくらい時間がかかるかわかりませんけど、雰囲気を察する限り難航しているようですねえ」

ずっと観察していたなんて物好きだ。ふと楓も気になって隣に座る。

「ねえ。こういうのって何が見つかれば良いわけ?」

「証拠になるものですかねえ。殺人事件だと凶器ですけど、今回の場合は裏帳簿とかその手の類《たぐい》ですか」

「ふーん」

金の含有率を誤魔化した詐欺だというが、一体どれくらい儲《もう》かるのだろうか、と楓は思う。いくらくらいだまし取ってきたのか、下世話な話だが気になる。

「これってどれくらい詐欺してきたかわかる?」

「うーん。なんとも言えませんね。表に出てきたやり口が金の買い取りとなっているだけですし。高齢者の家庭で買い取りする場合は、含有率なんて言わずに言うがままの値段で買い取りをやっていたかもしれないですし、ブランド品を偽物だと言って買いたたく、あるいはグレー商品を店頭に出すこともやっていたかもしれないですし」

「つまり予想以上にぼろもうけしている可能性ありってこと？」

「まあ十分にあるかと」

世の中真面目に生きる人間が馬鹿を見るようで悲しい時代だ。さっきまで迷惑だと感じていた家宅捜索の皆さんを応援したくなる。

「これって見つからなかったら」

「しょっ引けなくなります」

「見つからなかったら無罪？」

「無罪とは言い切れませんけど、ある程度自信があって捜索令状を出しているはずなので、今後下手に手出しはできなくなるでしょうね」

皆さんの顔色が悪くなるわけだ。

「なんでもいいから、証拠になる物があればいいんだろうねえ」

「はい。現金でもなんでも……」

朝生がうつむいた。何やら眉間《みけん》に指をあてて考えているようだ。

「どうした？」

楓が覗《のぞ》き込む。朝生はゆっくり顔を上げる。

「ずっと気になっていたんですよね。ちょっと調べてきます」

朝生は晴れやかな顔をして、チャッと手を上げるとそのまま行ってしまった。

「……何なの、一体？」

楓はよくわからないままソファに寄りかかったが、考えてみるとゲストルームのキーは朝生が持っていたのだった。慌てて朝生を追いかける。

朝生が向かった先は、クリーニングルームだった。セレブなこのマンション住まいの方々は洗濯機なんてものは部屋に必要ないようだ。かごに入れておけば全部クリーニングをしてくれるらしい。シーツも同じようなサービスがあるみたいだ。ゲストルーム以外の部屋のリネンも集めている。朝生はリネンが入ったワゴンをじっと見ている。

「ええっとさあ。よそのうちの洗濯物をじろじろ見るのはよくないと思うよ」

「見たいのはワゴンのほうです」

「どちらにしても訳が分からない」

朝生は観察するだけして、今度は周りを確認する。天井を特にじっと見ている。じろじろ周りを観察しつつ進んでいく。楓としてはコンビニに行きたかったが、キーを朝生が持っているのと妙な反応が気になって目が離せない。

観察するだけ観察すると、朝生はまたエレベーター前に立つ。エレベーターを呼び出す。

「楓さん、このエレベーターはパーティルームから下に降りるまでけっこう時間がかかりましたよね？」

「うーん。そうだねえ」

朝生はエレベーターに乗り込むと椅子の前にじっと立つ。

「楓さん、時計かなにか持っていませんか？」

「ん？　時計ならあるけど」

楓は腕時計を朝生に見せる。

「ちょっとだけ貸してくれませんか？」

楓は時計を外して朝生に渡す。

「ここでしっかり確かめておきたいのですが、あとは本業のかたに任せるのが一番ですね」

朝生は軽やかな動きで、険しい顔をした刑事に近づいていく。

「すみません」

「なんですか？　こちらはちょっと取り込み中なんで忙しいのですが」

いかにも話しかけるな、の雰囲気を漂わせた刑事だが、言葉だけは丁寧に言っているところが偉いと考えよう。

「はい。申し訳ないんですが、あそこのエレベーターから変な音がするんです。もしかして爆発物じゃないかって思うんですけど、調べてもらえませんか？」

もう朝生の二枚舌には慣れてしまった。なんて堂々と嘘をつくのだろうか。

「忙しいんだけれど……」

爆発物なんて物騒な言葉を出されたら無下にできない。仕方なく、刑事は近くにいた鑑識っぽい恰好《かっこう》のおじさんに話しかけた。

「代わりに私が向かいます」

鑑識のおじさんは刑事よりもさらに人間が出来ていて、笑顔で対応していた。

「こちらです」

楓は朝生の後ろをそっとついて行く。来客用のエレベーターを指す。

「あの椅子なんですけど」

「わかりました」

おじさんはエレベーターの隅に置いてある椅子を見る。しばし確認した後、笑いながら戻ってきた。

「音の正体はこれじゃないですか？」

「あっ、それだ！」

朝生が驚いてみせる。問題は鑑識さんが持っている音の正体とやらは、楓がさっき朝生に貸した時計だったということだ。

「ええっと、それ私のです」

楓はジト目で朝生を見ながら言った。

「えっ、そうなんですか！　よかったですね、見つかって」

「ええ、まあ、うん」

朝生と違い、楓に何かしら演技を求めるのは無理だ。「わーい、ありがとうございます」を棒読みで言うと、素直な鑑識さんは「よかったね」と返事をする。

「楓さん、そういえば指輪もないとか言ってませんでした？」

「おや、おっちょこちょいなお連れさんだね」

（いや、違うし）

失礼だが、とりあえず無言で通す。

「すみません。椅子のとこもう少し見ますね」

「そうだねえ。裏側に落ちているかもしれない」

手伝ってくれるとは本当に人が良さそうなおじさんだ。もしかして刑事は、わざとそういう人選をしたのかもしれない。警察なんてものは市民から苦情が来ることが多いのだろうし。鑑識さんが朝生に「汚れちゃいけないから」と言って代わりに椅子を動かそうとした。

「動かないね」

「固定されているようには見えませんけど」

「なんでだろう」

首を傾げる鑑識さんの横で朝生が何食わぬ顔で、椅子のクッション部分を持ち上げた。

すると——。

「……これなんだろうね」

なにか布袋のような物が入っている。鑑識さんが袋をひっぱるとずっしりと重い。重いどころか動かない。小さいがかなり重量がある。

「普通、こういうのには非常用の水や食料などが入っていると思うんですけど」

朝生が袋を開くと、そこには本来ないはずの物が入っていた。

「……これって」

中には目がちかちかするようなのべ棒が何本も入っていた。

「金に見えますね」

ずっしりと重いのべ棒のうちの一本を鑑識さんがすごく重そうにつかんで見せた。さっきの刑事が顔色を変えてやってきたのはそのあとすぐのことだった。

本来ないはずの物があるということは、証拠になるらしい。しかも、隠しているとなればなおのことだった。

「あの会社社長、今年税務署が来る可能性があったみたいです」

よくマルサなんて言葉を聞くが、大体一度入られると数年はやってこないものらしい。やっていることからして慣れていたのだろう。

「共有の場であるエレベーターに金のインゴット隠すなんて、普通考えませんよね」

「そうねえ」

楓は呆《あき》れながら、コンビニの袋から豆腐を取り出す。もう一つ不透明な袋があるが、そっちに何が入っているかは察してほしい。黒い紐《ひも》のような勝負下着は嫌だ。

時間は深夜を回っている。本当ならすでにシャワーをあび、寝間着に着替えてだらだらと取っておいた料理を摘《つ》まみながら響子おすすめのワインを楽しむところだったのに。

善意の市民こと二枚舌巨漢が金塊なんて見つけたものだから大変だった。刑事は驚き、鑑識さんたちはざわめき、金塊の持ち主であろう家宅捜索された質屋の社長は真っ青になっていた。

落としものを探していただけと言ったものの、一時間ほど捕まってしまった。そのあと、コンビニに行ったわけだが。朝生がじっとご飯を見つめていた。夜中に女性に一人歩きは危険です、とついてきてくれたのはいいが、結局お腹が空《す》いただけなのではと思った。

(散々食べていたのに)

彼の消化器官は働きすぎだ。

楓が炭水化物ばかり見る朝生に対して、「これで我慢しな!」とカゴに入れたのが先ほどの豆腐だ。一度、響子のところに戻り、また朝生の泊まるゲストルームに向かう。プライベートを守るためとはいえ、かなり面倒くさい。そして、持ってきたものと言えば。

「ほれ、これをお食べ」

ゲストルームには食器類は少ない。豆腐を入れるお椀《わん》と食べるためのスプーン、それから部屋にある調味料とパーティメニューをいくつか持ってきた。

「はい。美味《おい》しいから」

豆腐にかけたのは、夏野菜をみじん切りにして味付けした物だ。キュウリや茄子《なす》、大葉にミョウガ、あとオクラが入っている。山形の郷土料理で『だし』と言う。

朝生は言われるがまま、野菜と豆腐をスプーンで口に入れる。もぐもぐ咀嚼《そしやく》し飲み込むと、目を見開く。スプーンがものすごい勢いで動く。あくまで品を損なわない動きだが、豆腐はすぐさま消えていった。朝生がじっと楓を見る。眼鏡の奥の目がきらきらと光り、子犬のように訴える。楓は呆れてため息をつきながら、豆腐二パック目を開く。

「どうしたんですか。これ？」

「やっぱ材料って余っちゃうでしょ。もったいなくてさ。合間見て残り野菜刻んでたわけよ。ちょうど出来そうなものがこれだったから。とろろ昆布もあったし」

だしは粘り気が出ている。オクラだけじゃなくて、とろろ昆布も混ぜているからだ。食べるとシャキシャキしているし、薬味も多いので食欲をそそる。あつあつのご飯で食べると美味しいのだが、豆腐で食べるのも悪くない。今日はこれで我慢してもらう。

「貧乏性で申し訳ないけど」

「美味しいです。これ、また食べたいです！」

そういっているうちに、豆腐二パック目を食べ終えた。

「これ、ラストね」

三パック目の豆腐を入れる。いくら豆腐で低カロリーだとはいえ、これ以上は駄目だ。

朝生が豆腐で満足している間、楓は響子のパテを楽しむ。なんだかんだで、結局料理にはほとんどありつけなかった。お腹が空いている。

「そういえば朝生くん」

「なんですか？」

朝生はすでに三つめの豆腐を片付けて、だしだけをちょこちょこ食べていた。

「なんで、あのエレベーターに証拠品が隠されているってわかったわけ？」

「簡単ですよ」

朝生はスプーンを置く。

「エレベーターの重量制限ですね」

「あれ？　朝生くんが重くて、乗れなかったこと？　つまり痩《や》せろ！」

「楓さん、本音を交ぜないでください。僕は比重の大きい良いデブですよ」

朝生はぷにぷにの頬をつついて見せる。デブにいいも悪いもあるのだろうか。

「大体、おかしいんですよね。エレベーターの定員は九名ですが、重量制限は六百キロと書かれてありました」

「うん、見た見た」

「それで、僕の体重が百八キロです。残りは約五百キロ乗れるのですが、他の八人で割ると一人平均体重が六十二キロくらいになるわけです」

（ん？）

楓は首を傾げる。あの時、後から乗ってきた七人を思い出す。本屋のおじさんは中肉中背だったが、他はどうだろうか。男性はともかく女性は皆スタイルが良かった。男性も極端に大きな人間はいなかった。八人で五百キロを超えるとは思えない。

「なんか朝生くんがいても問題ない？」

「はい。エレベーターはマメに点検されています。あの重量制限は数キロオーバーで音が鳴る設定らしいですが、それを含めてもブザーが鳴るとは思いませんでした」

「だから、違う重いものが入っていたって思ったの？」

「はい。あの密室空間に隠せるものは限られます。せいぜい、あの置いてある椅子くらい。そして、重量オーバーになるほど重いものがあるとすれば、よほど比重が大きいものでないといけません」

そこで家宅捜索が入ったのが詐欺容疑の質屋の社長と言えばピンときたという。

「ずっと気になっていたんですよね。僕は素敵なデブなんですけど、自分の体重がどの程度かってよくわかっています。ゆえに、あの場は雰囲気を和ますために降りましたけど、言いたい！　ブザーの原因は他にあると！　僕は無実だ！」

「うん。わかった、うん。でも痩せろ」

楓は生暖かい目で朝生を見る。

「じゃあ、パーティルームに来るのが遅かったのも、もしかしてそれを調べていた？」

「いえ。途中で違う階に止まる時間がやたら長かったようで。でも、僕が乗る頃には誰も乗っていなかったんですね」

「それって」

「つまり、エレベーターに乗っている間に、インゴットを椅子に入れていたようです。金塊は重くて何度か往復しないと隠せなかった」

朝生曰《いわ》く、マルサに何度か立ち入られたことがある質屋の社長は、いろんな所得隠しを考えていたのだろうと。その中の一つが今回の金塊隠しで、本当ならもっとスマートな方法があったはずだ。ただ、この方法を選んだ理由としては、捜索が終わったあとすぐさま回収できることだろう。

「金の比重は大体二十。つまりあのエレベーターの椅子の中でも隠そうと思えば金を百キロくらい隠せたということです」

「百キロの金塊とか。考えただけでくらくらするんですけど」

「僕がもう一人増えた重量なら、さすがにエレベーターも止まります。一度では隠しきれない、持ちきれない量の金塊は何度かにわけて隠した。リネン室のワゴンを利用して」

「じゃあ、もしかして！」

最初にすれ違ったワゴンの人は金塊を隠していたということか。

「可能性は高いですね。あのエレベーターの中には監視カメラは一台しかありません。椅子は死角になっていて見えない場所にあります。ワゴンが大きいので、それで隠すことも可能でしょうね」

「つまり変装道具まで用意していたと」

用意周到すぎる。これが税金対策か。他の事に使おう。

「リネン室の周りには監視カメラはありませんでしたから。少なくとも、ワゴンが置いてあるところ付近はですね。まず自分の部屋でシーツを引き取るのに見せかけてインゴットを回収し、ゲストルームに向かうように見せかけて金を隠したわけです」

「ややこしくないかな、それ」

いろいろ危なげな行動に思える。

「切羽詰まっていたんじゃないですか。この通りガサ入れが始まりましたし」

朝生はちらちらと楓が持っているパテを見る。

（やらんからな）

楓はぱくりと響子の作ったパテを味わった。

翌日、質屋の社長が逮捕されたニュースが放映されたが、楓と朝生はひたすらキッチンで夏野菜を刻んでいた。『だし』は美味しいが塩分過多になるのではないかと、そこは心配だった。

四、鶏飯と仕入れ事情

1

うだるような暑さと湿気に参る七月の中旬。楓が見る限り、学生がいない学生食堂というのは、暇としか言いようがない。上半期の授業はほぼ終わり、残っている学生はレポート提出にひいひい言っているか、もしくは大会を控えた運動部か。

今日もまた暇なまま一日終わるはずだったのだが、その暇な時間を利用してミーティングを行っていた。六人掛けのテーブルに楓ともう一人同じ制服を着た男性が座っている。

「やっぱ田中《たなか》さん辞めるってさ」

少し憂鬱《ゆううつ》そうな声で言うのは、先輩社員の広崎《ひろさき》だ。女だらけの職場では珍しい男性で、三十代半ば程。既婚者であり、左手には飾り気のない指輪をつけている。

「そうですか。仕方ないですよね」

長期休みのため働けないとなると収入面でどうしても条件が一致しない点ができる。

「せっかく仕事覚えてくれたんですけどねえ」

これからどんどん新しい仕事を振れるかな、と思っていただけに勿体《もったい》ないと楓は思う。

「今のところシフトには影響がないけど、やっぱ余裕を持ちたいよね」

パートさんは主婦ばかりのため、子ども関係で急に休むことが多い。余裕を持たせておかないと、季節によっては総崩れになる。負担を被るのは大体、社員の楓たちだ。

「夏休みいっぱいとは言わないけど、せめて九月から働ければ問題ないんですけど」

大学の夏休みと小中高の夏休みとでは長さが違う。大学では基本、八月九月が丸丸休みなのだ。子どもがいる家庭なら八月は休みが多いほうが嬉《うれ》しいだろうが、九月は手がかかる子どもたちは学校に行くので稼ぎたい。

「稼ぎたい人は提携先の大学病院に夏休み中だけでも、行ってもらう手があるけどねえ」

「ああ。それは……」

病院食ともなれば、学食より作るのが複雑になる。病人に合わせて、食事制限があるため、下手に慣れない人間が短期間手伝いに行ったところで邪険に扱われるのだ。去年、楓は臨時で手伝いに行って散々な目にあった。

「忙しいのはわかるけど、ピリピリしてるから人が集まらないんだよね。今年の夏もヘルプ頼まれるかも」

「困りますね」

暗い空気が二人を包む。

「ほんと、社員も本当ならもう一人いるはずなのに、ずっと二人体制だし」

パートなら募集したら来るという理由で、本来もう一人いる正社員は、大学病院に行ったまま戻らなくなってしまった。名義はこちらのままで大丈夫なのかと心配になる。

楓は筆記用具をくるくる回しながら、掲示板を見る。八月初めには学園祭があるらしく、大きなポスターが貼られている。ミスコンが目玉のようで、去年のミスキャンパスが微笑む写真が写っている。端っこに正方形の二次元バーコードがついていて、特設サイトに飛べるようになっていた。

「学園祭は休みですよね？」

「学園祭の実行委員会には店を出さないかって言われたんだけど」

給料もでないのに、出店なんてやりたくない。

「断ってください」

「ちゃんと断ってるから安心して」

広崎は頬を掻《か》きながら愛想笑いを浮かべた。前職の名残かもしれない。元はソフトウェア開発の会社、かなりブラック経営のところに勤めていたらしい。自殺寸前に追い詰められていたところ、今の嫁さんにひっぱたかれて正気に戻ったそうだ。

全然違う職種を選んだ理由は、「少なくとも食べている間は死なないから」らしい。確かに賄いはついているし、そのブラックとやらに比べるとしっかりした勤務形態だと楓は思う。

「一応、パートさんの募集出してもらえるよう頼んでおくから」

と、広崎はクリアファイルに報告書をまとめる。これで彼の仕事は終わりだ。さっさと帰って頭が上がらない奥さんの買い物に付き合うらしい。

「お願いします」

楓が頭を下げ見送るとともに、入口から集団がやってきた。タオルを首にかけ、動きやすい恰好《かっこう》をしている。それぞれ好きなようにつなぎを着ているが、暑いのか、上半身は脱いでランニングやTシャツを着ていた。

(農学部か)

農学部は牛や豚など家畜を取り扱っているので、汚れていないかちらりと見る。つなぎを着た集団は五人、楓を無視して、通り過ぎると食堂で定番の密会場所へと向かった。

今、ここには楓以外に誰もいないのだから適当に座ればいいのに、と楓は思いながらミーティングのノートを閉じた。

学生のうち二人がカウンターに向かってくるので急いで移動する。厨房《ちゅうぼう》に入るのでマスクと三角巾を装着する。そういえば、この間、おばさん扱いされたのはつけたままだったからかもしれない。まだ若さはアピールしていきたい。

「デザート系なんかありますか？」

日焼けあとがくっきりついた男子学生がカウンター越しに聞いてきた。

「くず餅《もち》、杏仁豆腐《あんにんどうふ》、アイス各種、あと冷やしぜんざい、ロールケーキならあります」

楓は写真付きのメニューを取り出して見せる。

「ロールケーキ？」

「はい、米粉を使ったものです。ちょうど農学部が作っているものですね」

リップサービスというわけではないが、話してみる。この大学の農学部では米の加工を研究している研究室がある。そこの教授にわけてもらった。

(数少ないから、食べるなら今だぞ！)

「う、うちの？」

二人が顔を見合わせた。

「あっ、くず餅ください」

「俺は冷やしぜんざいで」

「わかりました」

楓はさっさと注文されたメニューを用意すると、トレイの上にのせた。

(ロールケーキおすすめなのに)

小麦と違い、米を使うともちもちした食感が売りになる。日本人は欧米人と違って唾液《だえき》の分泌が少ないので、もちっとした歯ごたえが好まれる。今回、米粉でロールケーキを作ったのは、小麦アレルギーがあるので食べられる物を、という要望があったためだが、力作だと楓は思っている。

その力作を食べないのはもったいないのだが、好みが違うなら仕方ない。それに、別に味見役は準備している。噂をすれば、食堂のカウンターへとやってくる学生が一人。

「ちーす。楓」

やってきたのは、目がぱっちりした女子学生だ。夏らしいふわっとしたワンピースを着て、ナチュラルなメイクに太すぎず細すぎずの眉毛《まゆげ》、美人という形容詞がついても申し分ない女の子だ。やけに親し気なのは、楓とは長い付き合いだからだ。

「うぃーす、秋桜《コスモス》」

楓は周りに人がいないので、気軽に昔からの友人に話しかけた。その瞬間、楓の喉《のど》に手刀が突き刺さる。

「つぐぉ!」

思わずゲホッとせき込んでしまう。涙目になりながら顔を上げると、鬼のような顔をした秋桜がいた。

「『サクラ』って呼んでくんない？」

凍り付くような笑顔を見せて言った。

『秋桜《コスモス》』ではなく『秋桜《さくら》』と呼ぶほうがよっぽど当て読みなのだが、彼女は高校になったころからこの呼び名で通すようにしている。大学で本当の呼び名を知るのは、楓くらいだ。以前、パートさんに話していた変わった名前の女の子であり、誰よりもその名前を嫌っている現在大学三年生である。

「りょ、りょーかーい」

「よろしい」

半眼だった表情が元の美人に戻る。今は、大変お洒落《しゃれ》で美人だが、中学時代の彼女を知る楓は「化けたなあ」としか思わない。冬場寒いからといって制服の下にジャージを着て、弁当の代わりにハンバーガーとポテトにコーラとセットで持ってくるような女子中学生だったのに……。

（人間って変わるものよ）

妙にしんみりとなりながら、楓は冷蔵庫からロールケーキを出す。

「はい、ロールケーキ。小麦不使用だから」

「おおっ！」

秋桜が手を伸ばそうとするが、楓は皿を遠ざける。

「二百円です」

「お金とるの？」

味見をしてもらう話で来てもらったが、お金はいただく。元は、秋桜の注文で作ったものなのだ。喉を突かれた恨みではない。

「あんたの意見を聞き届けるだけでも優しいと思わないのか」

むぅっとする秋桜は肩から掛けたバッグからカードを一枚取り出した。学生証で、電子マネーがチャージできるようになっている。楓はカードを確認すると、カウンターのレジを操作する。秋桜がカードリーダーにのせると金額が引き落とされる。

「まいど」

少し不機嫌な顔をした秋桜だが、ロールケーキを見ると顔がほころんだ。今は色白のすべすべとした肌だが、中学時代まではぼろぼろで体重も今より二十キロ以上重かった。夜更かしに睡眠不足、ジャンクフードの取りすぎ、そして、軽度だが小麦アレルギーと知らずに食べていたためだ。

人間とは変わるもので、大学デビューしていたとは楓も去年再会するまで知らなかった。

もし、偶然、バイトで食堂のレジをやっているときに『佐藤《さとう》　秋桜』と書かれた学生証を見なければ気付かなかっただろう。思わず「こすもす？」と口にして、首を絞められた。

ともあれ、旧友とはそれからまた付き合いが続いている。

「美味《おい》しいよ、これ。でもちょっとクリームが変わった感じするかも」

「あー、豆乳クリーム使ってるから」

せっかくなので小麦粉だけでなく、乳製品にも対応しようと欲張ったせいだろうか。

「卵はさすがに使ったんだけど」

「うーん。わがままかもしれないけど、クリームはちゃんと生クリーム使ってほしいかも」

味としては十分問題ないのだが、やはり普通のクリームのほうが美味しいと言われたら否定できない。一言注文をつけながらも、秋桜はロールケーキを持ってテーブルにつくと、美味しそうに平らげてしまった。

「違う味ない？」

「今は一種類かな」

「カロリーは？」

「生クリームよりは低いと思うけど」

唸《うな》りつつもまた学生証を出して、二皿目にかかる。

「これで最後、これで最後」

昔と違い、秋桜はちゃんと体重を気にするようになった。今は、標準より痩《や》せているので、気にする必要はないと思うのだが。秋桜のアレルギーはごくごく軽いので大量に食べなければ問題ないが、食べすぎると発疹《はっしん》が出来てしまう。昔はこれをアトピーだと思っていたらしいが、秋桜の両親はあまり子どもに興味がなく、気にすることもなかったという。おかげで、ご飯の代わりにジャンクフードを食べていた。楓があまりに乱れた食生活を見て、無理やり野菜を食べさせようとしていたのは、いい思い出になるだろうか。

ニキビと言い張っていた発疹が全身にあり、プールの授業を嫌がって保健室でいつもサボっていたところ、養護教諭がアレルギー反応ではないかと気付いたわけだ。アレルギーをただの好き嫌いと考える人間がまだまだいる中で、そんな先生が中学校にいたことは秋桜にとって幸運だったろう。その後、楓はちょくちょく本を読んだり、料理人である父に聞いて秋桜のご飯を作ることがあった。肌荒れが治るとともに体重が減って健康になっていく姿を見るのは楓も嬉《うれ》しかった。

(クリームの課題はまた今度にするか)

大学の学食と言っても色々考えているのだ。海外からの留学生も多いので、成分表記には気を付けている。数年前に、中東からの留学生が豚肉を食べてしまい、国際問題に発展しかけたと聞いた。教師の中にもアレルギー持ちはいて、米粉を提供してくれたのもその先生だったりする。人間、食というのは根本的な欲であり楽しみである。その選択肢を増やすことが出来れば、もっとよりよく大学生活が楽しめるはずだ。

二皿目を食べ終えた秋桜は満足そうに空いた皿を返却口に置く。楓は材料と使った分量を計算していた。

「一皿二百キロカロリーでした。二皿で四百キロカロリー」

「今更言うな！」

猫が毛を逆立てるように秋桜は怒る。

「別にあんた、十分痩せているよ。過剰なダイエットは身体を壊すから」

「今は大事な時期なの！」

「どうしたの？　アイドルのオーディションでも受けたか？」

楓が冗談めかして言うと、秋桜はむすっとした顔で掲示板のほうへと歩いて行き、そこに貼ってあるポスターを剝《は》がして持ってきた。

「ほれ、ここ、検索して」

秋桜は正方形の二次元バーコードを指す。楓は仕方なくスマートフォンを取り出して、特設サイトのリンクへ飛んだ。

「……ミスコンネット審査？」

十人の女の子の写真が並んでいた。その中に見覚えがある顔がある。多少、画像をいじっているのか、やたら血色がいい顔の秋桜だ。下に書かれた名前のルビは『さくら』となっている。詐称発見。

「楓も投票してよ。そこをぽちっと押せばいいだけだから」

「ああ、うん。って押すだけじゃ終わらないじゃない」

言われるがまま、投票ボタンを押すと、簡単なアンケート画面が出た。性別や年齢、メールアドレスを入れないといけないようだ。

「ねえ、地味に面倒だからやめていい？」

「さくらちゃんに清き一票をお願いします！」

きゅぴっと、人差し指を頬に当ててウインクをされた。楓は冷めた目で見る。

「きもい」

「野郎どもはこれでいけんだよ！」

一気に口汚くなった。さっきの農学部の学生たちに聞こえてなければいいのだが。

「水着審査でもあるわけ？」

「ないけど、引き締めておいたほうがいいでしょ？」

楓はちょっと秋桜の髪にツヤがないなあ、と思いつつ、「わかった」と面倒そうにアンケートに答えた。しっかり送信したのを確認すると、秋桜は満足そうに帰っていった。次回は苺味《いちご》が食べたいとのことである。ポスターは元の位置に戻してもらいたい。

こうして駄弁《だべ》っている間に、先ほどの農学部の人たちも話し合いが終わったようだ。学生たちは浮かない顔をしていて、食器を返しながらチラチラと楓のほうを見ている。

（なんなんだ？）

よくわからないがとりあえず楓はさっさと仕事を終わらせて帰ることにした。苺味の試作もしないといけない。

2

「新米はまだでしょうか」

「まだですね」

朝生《あそう》の質問に楓はきっぱり答える。冷房をきかせた部屋でだらりとしたい季節だ。いくら早生《わせ》品種だとしても、米が出来るのには早すぎる。

「白滝混ぜないでやってるんだから、我慢しなさい」

楓はどんっと、味噌汁《みそ》をテーブルに置く。今日は焼き魚にほうれん草の白和《しらあ》え、肉じゃがだ。いかにもご飯に合う和食メニューだからこそ、朝生はご飯に文句を言っている。

米というのは年中同じ味というわけじゃない。米は籾《もみ》のまま保存される。たとえ冷蔵保存でも籾のまま呼吸をするので、少しずつだが栄養は消費されていく。新米は美味しいというが、正しくは古米が不味《まず》くなっていくのだ。夏場だと温度と湿気が高い分、米はどんどん不味くなっていく。冷蔵庫に保存すれば少しはマシなのだが、朝生が食べるので一度に二十キロ注文している。入らない。

一応、炊き方に注意はしているが、それでも味が落ちるのだろう。

「……美味しくない？」

楓は頬杖《ほおづえ》を突きながら朝生をじっくり見る。

「い、いえ、そんなことはないんですけど……」

やはり、新米が食べたいらしい。でもおかわりは欠かさない。

(もうちょっとお米が美味しく食べられるようにするかなあ)

楓はうーんと唸りながら、ご飯をよそう朝生を見る。

「そういえば楓さん」

「なに？」

丼飯を抱えて戻ってきた朝生が楓を見る。

「最近、食堂の米、変えました？」

「別に変えてないと思うけど。銘柄はずっと同じ指定の物だし」

「ちょっと聞いてみたらいかがですか？　確実に味が落ちてますよ」

断言する朝生。楓は首を振りつつ、諦《あきら》めたようにため息をつく。楓も気づいていた。

「私だって変えたいのは山々なのよ」

米は市内にある米屋に注文している。正直、大量発注の割にあまり値段は安くない。だが、配達してくれるということと、昔ながらの付き合いがあるので使っている。態度が横柄なので、パートさんたちには不評だ。一度、他の業者を当たろうと言ったら、先輩社員の広崎から「上の親戚筋《しんせき》だから」と裏事情を聞かせられた。

「雇われの新入社員には何も出来ないのです」

「資本主義の犬って大変ですよね」

「たまに言うよね、朝生くん」

とはいえ、本当に違う銘柄を勝手に入れられていたら、問題だ。話を聞くかどうかはわからないが、一応確認するだけしてみよう。

「明日のお米はちょっと蜂蜜《はちみつ》でも混ぜてみようかな」

「蜂蜜?」

なんでと言わんばかりに朝生が首を傾げる。

「ご飯を炊くときに少しだけ入れると、お米が美味しく炊けるから」

なるほどと朝生が頷《うなず》く。

「でもアレルギーある人いるかもしれないから、油のほうがいいかな?」

「蜂蜜ってアレルギーあるんですね。乳幼児に食べさせてはいけないとは聞きますけど」

「あんまり知られていないけどあるよ。ほんのちょっとだけど、食べる人数が多いから、誰か一人でも何かあったら困るし」

油アレルギーもあるといえばあるのだが、蜂蜜と違い他のメニューにも使っているので、気を付ける人間はまず外食すらしないだろうと除外しておく。ご飯を作る立場の人間は、味の他に相手の健康のことも考えなくてはいけない。学食は大人数が口にするので特にだ。

「あっ。そうだ楓さん」

朝生が思い出したように楓に話しかける。

「ベランダの鉢植えについてなんですが……」

朝生の部屋のベランダは広いがほとんど使われていなかった。しかし、最上階で日当たりも悪くない場所をそのまま置いておくのももったいない。楓がバジルやら大葉やらミニトマトなど家庭菜園もどきを作っているわけだったが。

「あっ、場所取りすぎてる？　どける？」

「いえ、そうじゃないんですけど」

朝生は実物を持ってきたほうが早いと、ベランダからプランターを持ってきた。何が生えているかと言えば、丸っこいオレンジ色のつぼみと薄い紙のような花だった。

「ポピー可愛いでしょ。食堂に飾る花が欲しいんだけど、買うまでもないかなって思って」

去年から種を蒔《ま》いて育てていたのだ。日当たりはこちらのベランダのほうがいいので自室から持ってきてしまった。切り花にすると持ちが悪いが、タダなら悪くない。

「食堂というか、大学構内に持ち込むのはやめたほうがいいと思いますよ」

「どうして？」

「何年か前に大学生が大麻を育てているっていうニュースがあったんですよ。そのとき、大学の近隣住民がうちでも麻薬を育てているって通報したんです」

なぜ通報したかといえば、

「アヘン育てているだろうって」

「ああ……」

アヘンの原料はケシだ。ポピーは別名ヒナゲシ。同じケシ科で、花の形は似ているが別物で、麻薬にならず違法ではない。

「うちの大学に農学部があるものだから、そんな話は問題です。なので、大学近辺ではポピーが生えないように徹底的に駆除したそうですよ。ポピーは一般に流通しているんですけどね」

「そういうことか」

楓は残念そうに薄い花びらを摘《つ》まむ。可愛い見た目の割に図太く生きているのでけっこう好きなのに。

「わかった。あとで処分しておく」

「いえ、別に大学に持ってこなければ大丈夫ですけど」

「ここに置いておかれても困るでしょ。私のところに持って帰っても、同じよ」

世の中、どこに目や耳があるかわからない。もちろん、知られても問題ないのだが、変な噂が立つとうるさく言われるのだ。

「学生が麻薬育てるなんて世も末ねえ」

「育てること自体は簡単ですから。あとどこからともなく種が飛んできて普通に自生していることもあるらしいですし」

「えっ、マジで？　どうすんの？」

「保健所にでも通報すればいいんじゃないですかね」

朝生はプランターをベランダに戻す。今日はもう遅いので、明日処分しよう。

「善意の報告だけど迷惑な話ね」

ろくに調べもしないで憶測だけで反応されるのは、面倒な話だ。

「農学部は特にうるさく言われたみたいです」

大変だなあと楓は他人事《ひとごと》のように思う。

「そういえば、昼になんか話し合いしに農学部の学生が来たわ」

「話し合いって、あの密談場所でですか？」

「そうだけど」

朝生の「あらら」とでも言いたげな顔を見ると、やはり朝生はあそこが丸聞こえの場所だとわかっていたのだろう。ふっくらまるまるボディなのに抜け目がない。

「どんなこと話していたんでしょう」

「私は盗み聞きしませんから」

「今回は？」

意味深に朝生が言う。

「うん、デザートいらないね。よし」

「あっ、すみません！　すみませんってば！」

慌てる朝生を見て、楓はにやりと笑い冷蔵庫へと向かう。冷蔵庫には甘夏をくりぬいて作ったジュレが入っている。皮をそのまま使っているので、なかなかおしゃれにできた。デザートスプーンを突き刺し、朝生の前に置く。

「ありがとうございます!!」

目をキラキラさせて、ジュレを口に運ぶ朝生。完全無農薬の甘夏は楓の実家から送られてきたものだ。甘夏と言うが全然甘くない、苦くて酸味が強い果肉、丁寧に薄皮を剝《む》いて、半分を果汁に半分を果肉のままジュレにしている。程よい甘さは蜂蜜を使い、口の中で溶けるように硬さにもこだわった。学食のメニューにどうかと思ったが、採算が合わないので諦めた。

「あー、さっぱりする。これ、松雄《まつお》おじさんが作ったミカンですよね」

「あたり」

松雄おじさんとは、楓の父のことだ。昔は料理長と呼んでいた。今は田舎で実家の手伝いの傍ら趣味のような居酒屋をやっている。

「美味《おい》しいですね。昔、よく作ってもらいました」

「あの時の果物は高級素材ばっかだから、そのジュレと比べないでよ」

「これも美味しいですよ」

いや、片手間で作った甘夏と同じにしてはいけない。当時の楓が驚くくらい高価な果物をいつも使っていた。小さい頃は深く考えなかったが、家に料理人がいるお屋敷ってどんなんだよ、と元おぼっちゃまを見る。いや、今でも十分おぼっちゃまであるが。

楓もジュレを食べながら、のんびりとたわいもない会話を続けた。

3

翌日、遅番で出勤するはずだった楓だが、広崎に電話で呼び出された。普段より一時間早く出勤すると、どんよりした顔の広崎がいた。

「どうしたんですか？」

楓が訊《たず》ねると、広崎は無言で貯蔵庫を指した。なんだろうか、と楓が覗《のぞ》き込む。

「うわぁ……」

荒らされていた。乾物など置いていた倉庫だが、棚の物は全て落とされ、米袋はひっくり返されてご丁寧にびりびりに破られていた。

「お米、昨日開けたばっかりだったのに……」

ほぼ四十キロ、全部駄目になってしまった。二十キロは精米済み、もう一つは精米前の玄米の物。夏休み前で少なめの発注でまだ助かった。保存のためにわざと玄米で仕入れて精米している。

「誰がやったんだよ、これ」

思わず先輩社員の前でこんな口調になってしまう。棚をひっくり返されただけならともかく、米をぶちまけられたとなれば腹立たしくもなる。

「今日の分はもう仕込み終わってるから、足りるとは思うけど」

明日の分はもうない。

「注文はもう終わったから、今日の夕方にはくるそうだよ。ただ、困るのは」

広崎は『火元管理者』と書かれた札を目にする。昨日、広崎は先に帰ったので施錠の責任は楓にある。楓は記憶をたどる。貯蔵庫はこれと言って食糧以外何もない。なので鍵《かぎ》をかけるのは学生が出入りする入口が三か所と裏口の一か所だ。

「どこか開いてましたか？」

楓は恐る恐る聞いてみる。今日も学生は少なく、食事の準備は少ないので助かった。

「東側の中庭に面した扉が開いてた」

「ちゃんと施錠したは……」

はず、と言いたい。でも、実際開いていたとなれば、責任は楓に来る。

（閉めたはず）

楓は不安になりながら、タイムカードを見る。時刻は十七時半。ミーティングを終えて、農学部の学生がきて、それから秋桜が来た。秋桜が米粉のロールケーキを食べて帰ったあと、農学部の学生も帰った。そのあと、誰も来なかったので厨房《ちゅうぼう》を片付けて翌日の準備をして帰った。米を仕込んだのはその時だ。

「言いたくないけど、本当にちゃんと閉めた？」

「……」

「駒月《こまつき》さんがしっかりしているのは僕も知っているけど、実際開いていたから。もちろん、こうやって入ってきた奴らが悪いけど」

言い返したい。でも、証拠がない。だんだん、自分が施錠を忘れたのではないかと不安になる。なにより、実際開いていたのだ。言い訳しようにもできない。

「悪いけど、始末書かいてくれるかな」

広崎の声に頷こうとしたときだった。

「すみませーん。注文できますか？」

声が聞こえた。まだ午前十時。昼食にはちと早い。顔を上げると、ふくよかな輪郭が見えた。朝生だった。

（朝食食べたよね？）

まだ食べる気かよ、と思わず顔に出てしまう。

「すみません。まだご飯が炊けてないんですよ」

「そうですか」

朝生は素知らぬ顔で周りを見渡す。眼鏡の奥の目は、どんな些細《ささい》なことも見逃さない。

「何かあったんですか？」

ギクリ、という擬態語が広崎の背後に見えた気がした。楓は朝生のことを知っているので口止めは問題ないと思っているが、広崎は知らない。教えてやるべきだろうか、と思ったら朝生と目が合った。

（……）

付き合いが長いのでわかるが、とりあえずここは黙っていろという雰囲気だ。楓は顔を上げて広崎と朝生がいるカウンターに近づく。

「何かあったって、何ですか？　別に何もありませんよ。ご飯が炊けていないのも、まだ朝方だからですよ」

広崎は慌てている。ベラベラ話すと逆に怪しく思われるし、それを見逃す朝生ではない。

「なるほど。でも、入口くらいちゃんと開けておいたほうがいいですよ」

朝生は、西側の出入口を指す。

「閉まっているのかなと思って回ってみたら、一か所だけ開いていたので入ってきました。普通、入口を開けるとしたら全部開けるでしょう。でも、他の場所が閉まっていて一か所だけ開いていたというのは、何か問題が起きてその対処をしていたのではないですか？」

するどい朝生の言葉に広崎が目をそらしている。元ブラック企業社員は嘘が苦手だ。

正社員の仕事は出勤してまず今日のスケジュールを確認する。裏口にある新聞受けから新聞を取り、食堂のテレビの横に設置する。楓だったらそのあと仕込みのチェックなどをやるが、広崎の場合、料理は得意ではないのであとから来るパートさんに任せる。本人はその間に掃除をするのだ。食堂は広く、おおざっぱにモップ掛けをするのも大変だ。

ついでに入口を開けるのだが、最初の鍵が開いていたので広崎は慌てていたのだろうか。他の入口を開けるのを忘れてしまった。

「ほら、あそこにモップが置きっぱなしです。慌てるようなことがあったかと」

広崎がさらに「ぐぬぬ」と顔をゆがめる。大人の男性だからといってポーカーフェイスが上手《うま》いとは言えないいい例だ。ブラック企業にいいように使われていたお人よしなだけのことはある。

楓は施錠を怠ったと疑われたことで、ちょっと落ち込んでいたがこうも顔色を変える広崎を見て少し気分が良くなった。人が悪いと思うが、人間とはそんな生き物だ。

さすがにこれ以上はかわいそうだと、ネタばらしをする。

「広崎さん。その人、私の知り合いなので事情を言っても黙っていてくれると思いますよ」

犯人ではない。朝生に限って食べ物を粗末にする真似はしない。楓は断言できる。

「……それほんと？」

広崎が楓のほうを向いて言った。

「ベラベラ周りに話すタイプじゃないかと」

「はい、口の堅いデブです」

「口の堅さと体形、関係あるの？」

広崎が思わずツッコミを入れる。

「一度飲み込んだものは吐き出さない自信があります」

朝生は眼鏡をクイッと上げながら言った。何故、カッコつけるのか問いただしたい。

「と、言うわけで」

朝生は体形から想像できない素早さでいつの間にかカウンターをくぐっていた。

「部外者は立ち入り禁止！」

「安心してください。手は消毒済みでマスクも持参しています」

「いや、そういう意味じゃなくて、っていうか君準備いいな！」

広崎も朝生のペースにのせられているようだ。朝生は目ざとく開けっ放しの貯蔵庫に気付くと中を覗き込む。

「ひどいですね、これ」

荒らされた貯蔵庫を見て、朝生がため息をつく。中腰になり、落ちた米を拾う。

「小麦粉は無事なんだけど、お米が全滅なのよ。昨日開けたばかりなのに」

楓は肩を落とす。これが自分の施錠ミスで起きたことなら本当に立ち直れない。

「小麦粉の袋が破られないだけまだましと言ったところでしょうか」

朝生は積んである小麦粉の袋を見る。

「そんなんやられたら、本当に泣くよ」

ほとほと困った顔で広崎が言った。

「悪戯《いたずら》目的でひどいことしてくれるよ、まったく」

「悪戯目的？」

朝生が首を傾げる。

「悪戯だろ？　でなきゃ、なんでこんなに荒らすんだ。金目の物なんてありはしないぞ」

「ですよね」

楓も同意する。しかし、朝生は別の観点から見ているようだ。

「普通、忍び込んでまで悪戯するなら徹底的にやると思いますけどね。より相手が困るように、小麦粉の袋を破こうと思いませんか？　まだ、棚の奥のほうにあるならともかく、ああやって手に届きやすい場所にあるならまず破くでしょう」

「それもそうね」

「そ、そう言われたら」

広崎も顎《あご》を撫《な》でながら首を傾げる。

「でも、米と違って小麦粉の袋を破いたら服が汚れるとでも思ったんじゃないかな」

「その可能性もありますけど、ならこちらをばらまいてない理由は？」

朝生が手に取ったのは、棚から落とされていたゴマや小豆《あずき》の袋だった。

「米よりも小さいから気付かなかったとか考えられますけど。でも、僕にはこう思えましたけどね」

朝生は空になった米袋を拾う。逆さまにしても米粒ひとつ落ちてこない。

「念入りに米を食べられないようにしたかったって」

「……意味わかんないんですけど」

「同意見」

楓と広崎の意見が一致する。しかし、広崎は部外者である朝生を追い出そうとはせず、彼の話に耳を傾けている。妙に人を引き付ける話が上手い男なのだ。

朝生は米粒を拾い、一粒一粒まじまじと観察する。

「このお米、昨日開けたばかりだと言ってましたね？」

「そうだけど」

「じゃあ」

朝生はくんっと鼻を鳴らした。準備していたご飯が炊けたようで、匂いが漂ってくる。朝生は引き寄せられるように業務用炊飯器の前に移動する。

「開けていいですか？」

朝生の質問に、楓は広崎を見る。

「どうぞ」

広崎が答えると、朝生は炊飯器の蓋《ふた》を開けた。つやつやした白い米が立っていた。

「一口食べてもいいですか？」

「……どうぞ」

何がやりたいのか、広崎も楓も予想がつかない。ただ、朝生が無意味なことをするとは思わなかった。「もしお腹が空《す》いていたら、一口とは言わず丼ぶりで要求するはずだ。

楓はしゃもじを取り出し、炊きたてのご飯に突き刺してほぐす。

(あれ?)

なんだか違和感があったが、今はそんなことは後回しでいいか、と小皿にご飯をのせて朝生に渡す。白くつやつやしたご飯は良い匂いがしていた。

「楓さん」

「はい?」

「古いお米はどんな味がするんでしたっけ?」

また意味がわからないことを言い始めたと思うが、とりあえず聞かれた質問に答える。

「お米が呼吸して栄養が減ったり、精米したあとで他の匂いがうつったりするから、あんまり美味《おい》しくない。新米に比べて硬くて粘りがないと言われるけど、逆にその食感が好まれる料理もあるって」

確か専門学校の先生が言っていた。

朝生は皿に入れられたご飯を箸《はし》で食べる。もぐもぐとワインのテイスティングを行うようによく嚙《か》みしめている。

「粘りが強く甘味があり、なにより柔らかい」

「ソムリエごっこしてる?」

「そういうわけではないですけど。このご飯、まるで新米のような炊きあがりですね」

「新米なわけないじゃない」

昨日、袋を開けたばかりで精米したてだが、新米とまではいかないだろう。しゃもじでご飯を取ると、一口食べる。甘く粘りがある米だ。ここ最近、まずい米ばかりだったのに、なぜだ。昨日はこれといって美味しくなるような、蜂蜜《はちみつ》も油も入れてない。

「新米みたいな味ね」

「よくわからんが、とりあえずいつもの米より美味しい気がする」

広崎も食べている。あまりこの上司は料理に詳しくない。

「でも新米ってまだ実ってないだろ」

確かに新米にはまだ早い。

「ないとは言い切れません。早生《わせ》品種で沖縄なら、今頃収穫しているところもあります」

「ここは沖縄じゃないし」

何より、そんな立派な貴重な米をあの意地が悪い米屋が卸すわけない。

「ですよね。でも」

朝生は厨房《ちゅうぼう》に置いてあるボウルを目にすると「借りていいですか」と訊《たず》ねた。「どうぞ」と答えると、ぱらぱらと掌から米粒を落とす。さっき貯蔵庫で拾ってきた米粒だ。

「もう少し拾ってもいいですか？　安心してください。食べませんので」

楓が聞こうとしたことを先読みして言ってくれるところは朝生である。朝生は米粒を集めると、大きな指先で丁寧に仕分けを始めた。

広崎は呆《あき》れたようで、時計を気にしている。楓も手伝おうかと思ったが、朝生を追い出すよりも、仕事をやったほうがいいと思ったらしい。楓も手伝おうかと思ったが、まだ出勤時間になっていない。本来なら、さっさと貯蔵庫を片付けてしまうところだけれど、現状維持にして警察に届け出をすべきかと悩んでしまう。

「貯蔵庫を片付けるなら、証拠写真をとっておいたほうがいいですよ」

「片付けても問題ないの？」

「心配ならあのもう一人の社員のかたに聞いてみたらどうです？」

「わかった」

広崎は「どうぞー」とやる気なく言った。荒らされたことで被害を受けたのは米のみであとはなんとか使えるものばかりだ。売り上げ等はいつも別に持ち帰っているので無事なのもある。お米を捨てるのはもったいないが、こうやって土足の床にばらまいたものを学生に出すわけにはいかない。ざらざらとゴミ袋に入れる。

「楓さーん」

軽く掃き終わったところで、朝生が手を振っていた。ゴミ袋と箒《ほうき》を置いて向かうと、朝生はえっへんと仕分けした米粒を見せる。

「ねえ、何がやりたいの？」

「何をと言われましても、この通りです」

この通りと言われても、米粒は丁寧に分別されていた。綺麗《きれい》な形の米粒、割れた米粒、それから緑っぽかったり黒かったりまだら模様のついた米粒。割れた米粒が多いのは、床に落としたためだろうか。どれも玄米を選んでいる。

しかし、こうやって分けてみると、色付きの米粒が案外多い。

「楓さん、さっきのご飯、まるで新米みたいでしたよね？」

「新米なわけないでしょ」

「でも、新米なんですよ」

朝生は、緑色の米粒を指す。楓は目を細めて、そして、「あっ」と叫んだ。

「気付きましたか」

「青米ってこと？」

青米。玄米の中で緑がかっている物を言う。普通色付きの米と言えば、等級が下がる原因なのだが青米に限っては違う側面が出てくる。

朝生は指先で青米を摘《つ》まむ。力を入れるが、形は崩れない。

「活青米ですね。葉緑素が綺麗に残っているので収穫して間もないでしょうねえ」

「でも、収穫したてって」

米は収穫してそのまま脱穀、精米し食卓に上るわけではない。水分を抜くため乾燥させる作業を含むと、沖縄からすぐ持ってきても間に合うのだろうか。

楓の疑問に答えるように朝生は続ける。

「別に沖縄でなくても、今の季節、米の収穫を終えているところはありますよ」

「えっ？」

「しかも身近に」

どういうこと、と楓が質問する前に朝生が厨房から身を乗り出し、東側の入口を指す。

開いていた入口で外には中庭が広がっている。

「中庭？」

「その向こうには何が見えます？」

木々の向こうにあるのは農学部の棟だ。牛舎や水田、畑、ビニールハウスがある。

「農学部の田んぼはまだ収穫前でしょ？」

「ええ、外のは。でもビニールハウスだったら？」

「あっ！」

なるほど、と楓は手を打つ。農学部では実験的に作物を育てているので、ビニールハウスで稲を育てていることもあるだろう。

「つまり、農学部のお米がここの学食に納入されたってこと？」

「はい。そうするともう一つの謎も解けるんですよ」

朝生は荒らされた貯蔵庫を指す。

「米だけを食べられないようにした理由です。農学部で、実験的に作物を育てる。つまり食用として育てられたわけじゃないということです」

「食用じゃない……」

「ええ、農薬実験用に」

楓は思わず炊きあがったご飯を見てしまう。

（食べちゃった……）

思わず口を押さえる。

「米の場合、野菜と違って脱穀、精米しています。基準値以上の農薬を使ったところで、食べ過ぎない限り害があるとは思わないです」

「じゃあ、なんで農学部の米がうちの学食にあるわけ？」

野菜なら仕入れている。けれど、米は大学のお偉いさんの親戚《しんせき》がいるので、米屋で購入している。大学で業者をとおさず直接仕入れたらそちらのほうがずっと安いのは楓も知っている。

「楓さん、米屋の伝票ありますか？　できればここ半年分くらい」

「ちょっと待って」

伝票を入れたファイルを探して朝生に渡す。朝生はペラペラと伝票をめくる。

「ちょうど米の味が落ち始めたのはこの頃かな？」

朝生は六月の後半の伝票を指す。しかし、伝票には『県産米コシヒカリ』と書かれている。伝票の名前も価格も変わっていない。

「米の味が落ちた理由は、米をこの大学のものに変えたから。正直、楽でしょうね。仕入れたその場で卸すとなると運送費も節約になる。学生の作った米は売るためではなく、勉強の一環として作っているので、プロの農家が作ったものに比べると味が落ちるのも当然。ちょうどこの時期、配達してくれる人が変わっています」

朝生が指したのは配達と書かれた欄の判子だ。『岡田《おかだ》』から『広末《ひろすえ》』になっている。前の配達人は横柄だったが、ここ最近来る人はそこまで態度が悪くないとパートさんが言っていた。でも、態度が良い理由があった。配達人の彼にはメリットがあった。

「ピンハネ？」

「そういうことです」

学食では米を大量に発注する。多いときには十キロ四千円の米を大体一度に百キロ。この時点で、四万円。週一、二回、発注している。定食は大盛にするとおかわり自由になるのが、ここの売りなのだ。米の消費は大きい。

「一割、いや直《じか》に学生が作った米を買っているとなると、二、三割ハネてる可能性がありますよ」

楓はふつふつと怒りがわいてきた。

「つまり、私たちはそいつらの懐温めるために、まずい米買わされていたってこと!?」

楓たちが食べているのは賄いのご飯だ。でも、学生はお金を払っている。

「下手すれば農薬漬けの！」

バンッとテーブルを叩《たた》く。食べることは健康につながる。なのに、毒を与えてどうするのだ。そこは絶対譲れない点だ。

「楓さん、落ち着いて」

朝生が暴れ馬をおさえるように楓を「どーどー」と落ち着かせる。なんか腹が立ったので、八つ当たりに朝生の頬っぺたを引っ張る。

「あくまで、これは僕の予測であり、絶対ではありませんよ。米だってたまたま悪い物が届いた可能性もあります」

あれだけ自信たっぷりに言っておきながら朝生はあくまで断言しない。

「僕らがつかんでいるのは状況証拠だけです。犯人を確定できる証拠はない。なので」

——罠《わな》を張りましょうか。

朝生はにやりと笑った。

4

午前十一時。いつもなら、すでに席の四分の一くらい埋まっている時間だが、食堂はまだがらんとしている。特に食事を取る学生は少なく、自動販売機でジュースを飲んで休憩しているようだ。テスト前は休講にする授業が多い。そのためだろう。

東側の入口から学生がやってくる。つなぎを着た男子学生で、昨日やってきた顔ぶれの一人だ。米粉のロールケーキを嫌っていた人だった。カウンターにやってきてチラチラと周りを見る。楓は持っていたおたまを置くと、カウンター越しに話しかける。

「ご注文は?」

「ええっと」

チラチラと定まらない視線。楓はマスク越しに意地悪な笑みを浮かべる。

「定食なんてどうですか？　ご飯は新しいお米入っていますよ」

『お米』を強調して言ってみた。学生の顔色が変わる。青白くなった顔は引きつり、何か言おうと口をパクパクしていた。

「はい、極早生《わせ》の新米。美味《おい》しいですよ」

畳みかけるように朝生が後ろからつなぎの学生に言った。朝生の手にはプリペイドカードにもなる学生証が握られていた。

「これが学食に落ちていたんですけど、見覚えはありませんか？」

「……」

男子学生がつなぎのポケットを触る。スマートフォンの手帳型ケースに入れられた学生証がないと気付く。男子学生は、朝生から学生証を奪おうと手を伸ばす。しかし、朝生はくるっとその手をかわした。

「あなたのですか？」

「そ、そうだよ」

「証拠は？」

「お、落としたんだから俺のに決まっているだろ！」

男子学生は朝生から学生証を奪おうとするが、朝生はするりするりとすり抜ける。あの巨体で柳のような動きだ。

「か、返せよ！」

手を伸ばすがまるでいたずらっ子のように朝生は逃げる。逃げながら彼が何を考えているのかと言えば。

「返せ！」

男子学生の手が朝生に降りかかった。学生証を取るはずの手は朝生の額に当たり、眼鏡が落ちる。眼鏡が床を滑る。朝生の前髪が乱れる。朝生は俯《うつむ》いた顔をゆっくり上げて右手で叩かれた場所を撫《な》でるように髪の毛を掻《か》き上げた。

（……うわあ）

学食には学生がいる。朝生と男子学生に注目が集まる。そこに、広崎が現れる。

「悪いが、喧嘩《けんか》で騒ぐようなら裏でやってくれないか」

「あっ、あいつが俺の学生証を返さないから」

「そうなのか？」

広崎が朝生に訊《たず》ねるが大根芝居もいいところだ。朝生はにやりと笑いながら学生証を見せる。ふっくらした輪郭の顔写真に『朝生　雪人《ゆきひと》』と書かれてあった。

「あなたのポケットに入っているのは何ですか？」

男子学生の胸ポケットからなにかはみ出ている。そっと摘まむと、学生証が出てきた。

「見つかったのは良かったですが、完全な暴力行為ですよね。ちょっとお話させて下さい」

男子学生は唖然《あぜん》とした。


（あいつ、何か悪い商売やっているんじゃないだろうか）

楓がそんな疑念を抱くほどに、朝生はいろんなことに手慣れていた。前にストーカー騒ぎで空き巣のやり口を暴いたときや、ごく自然に大学の総務になりきって電話の受け答えをしていたこと。

（どうしてこんな子に育ったんだ）

楓は思い出の中の朝生を思い出す。ほっそりとして食が細く、「楓ちゃん、楓ちゃん」と楓の手を離さなかった可愛い男子はどこへ行ったのだろうか。

「男の子なら強くなりなさい」

違った意味で男女平等とは言えない台詞《せりふ》を吐くのが小学生女子というものだ。

「ほら、全部食べる。もっと大きくならないと」

自分よりずっと細い子どもだったので楓は食べさせないと折れてしまうと思った。

「こんな計算もできないの。ほら教えてあげる」

あの当時の一歳年上というのは実に大きかった。分数の計算ができるだけでものすごく尊敬の目で見られた。放っておけない弟のような雪人くんはどこへ行ったのだ。

「おとなしく話したほうがいいですよ。理学部の研究室で遺伝子解析することもできるんですから」

どこの刑事ものだろうか。朝生はかき集めた米粒を見せて脅している。農学部に置いてある米と食堂でばらまかれた米が同じ物だと証明しようとしている。ご丁寧にどこからともなく、電気スタンドを用意している。楓はかつ丼でも作ればいいのだろうか。

つなぎの男子学生は黙秘している。

「駒月さん。彼、何者?」

先輩社員の広崎が冷めた目で見ている。食堂にはもう学生はおらず、誰か来たら呼び鈴を押して呼んでもらうことになっている。

「理学部の二年生で、柔道黒帯超重量級です」

朝生は男子学生の尻《しり》ポケットからスマートフォンを取り出し学生証を引き抜いて戻した。

楓と男子学生が話していたときだ。学生証をちらつかせて、相手をあおった挙句顔を叩かせる。叩かせるとともに学生証を胸ポケットに戻すという手腕、どこのスリだよ、と突っ込みたい。

周りに誰もいない場所へ引き込んだところで、実際には使えない状況証拠を並べ、それでも納得しないのならと米の遺伝子を調べると言い出した。

「彼、敵に回したくないね」

「ですね」

「熊のマスコットみたいなのに」

「本人は癒《いや》し系デブと言っております」

「デブって言っていいんだ」

デブという言葉に前向きなので仕方ない。自称癒し系と言いながら、尋問に成功したようでつなぎの学生はスマートフォンをいじりだした。他の学生を呼びたいということらしい。

楓は昨日、やってきた集団を思い出す。もしかして、人数集めて変な気でも起こさないか心配になる。その点は朝生も抜かりはない。楓に手招きをしてこそっと耳打ちをする。

「箕輪《みのわ》さんたちと柔道部の面々、どちらがいいですか？」

向こうが人を呼ぶなら、こちらも呼ぶ。間違いないが気になることがある。

「ええっと、箕輪さんって？」

パートの箕輪さんの息子のことだ。先日、ずいぶん迷惑をかけられた。彼自身ショックはかなり大きかったようだが、元気だろうか。

「はい、貸しを三つほど作りましたので、すぐ来てくれると思いますよ」

「一つじゃないのね」

「ええ、僕が出るはずの合コンの席を二回ほど譲りました」

楓の表情が固まる。

(なんでこいつが合コンなんて……)

「合コンにはバラエティが必要だそうで、安心感を与える心豊かなデブは需要があるんですよ。人数合わせに誘われただけなので、僕自身が行こうとしたわけではありません」

「いや、そこまで聞いてない」

「はい、男性側の事情です」

女の子が合コンに行くとき、自分よりもやや劣る子を集めると聞いたことがあるがそれと同じようなものだろうか。

しばらくして、昨日のつなぎ集団がやってきた。今日の恰好《かっこう》はつなぎではなく普通の恰好だが、首からタオルがかかっていた。

「柿崎《かきざき》!」

つなぎの男子学生は柿崎と言うらしい。どうでもいい。

「すみません、先輩」

しおらしく柿崎は頭を下げる。

「別にいいんだ。それより、こいつが何をしたって言うんですか？」

先輩と呼ばれた男子学生が前に出る。学食の関係者は楓と広崎なのに、くってかかっているのは本来部外者たる朝生にだ。

「はい。食堂の貯蔵庫を荒らしました」

「……何を証拠に」

柿崎と違い、先輩学生は冷静に言ってのける。

「ここに搬入された米が農学部で作られた米だからです」

「ええ、それが何か？」

(開き直ってる!?)

「別におかしくないでしょう。米の販売は、特に規制されていませんし、ちゃんと大学にも許可を取っていますよ」

ちょっと雲行きが怪しい。確かに、米の出先について文句を言うとすれば、農学部の学生ではなく販売した米屋に言うべきだ。

「あと、こちらで荒らしたとすれば、証拠は？　どうやって忍び込んだと？」

確かにそうだ。楓が施錠をたまたま忘れていたところを狙ったとしたら都合が良すぎる。

朝生は学生の言い分に対して涼しい表情のままだ。

「忍び込むのは簡単ですよ。皆さん、昨日、食堂にやってきたそうですね」

朝生は楓を見る。楓は学生たちの顔を確認してこくりと頷《うなず》く。

「食堂のテレビの裏側。よく密談に使われている場所で会話をしていた」

「皆使っているだろ？　なにかおかしいのか？」

「いえ。おかしくないですよ。ただ、そこに隠れておけば、見つからずにそのまま食堂が閉められますよね」

「ああっ！」

楓は思わず声を上げた。食堂を閉めるとき、楓は一人だ。テーブルを全部拭《ふ》いて回ったら、それ以上食堂内をうろうろすることはない。その間、トイレにでも隠れていたら楓は気付かなかっただろう。楓が施錠をして出て行ったあとで、貯蔵庫を漁《あさ》ればいい。

「誰かが食堂にいることがばれないように、電気はつけなかった。スマートフォンのライトをつけて米袋だけ狙って破く」

朝生はわざとらしく学生証をちらちらさせる。さっき学生証がないのに慌てた理由はこういうわけだ。暗闇の中、落としたと思ったらしい。

楓は楓で、広崎を見る。さっきは散々疑ってくれた。

「……それなら、俺たちじゃなくても、やれる人いるんじゃないか？」

あくまでシラを切るつもりらしい。朝生はにっこり笑った。

「別にしらばっくれるならそれでいいですよ。証拠はもう一つありますから」

朝生は親指で東側の入口を指した。

「隣接したコンビニの防犯カメラ。こちらも映っているって知っています？」

「……」

「去年、クリスマスケーキ百個売るの手伝ったおかげで、店員とは仲がいいんですよ」

（最初から言えよ、それ）

というか、どういう人脈作っているのだろう。コミュ力高い巨漢だ。

「まめですよね。残留農薬か、それとも土壌汚染実験のための重金属が含まれていたのか、どちらを隠そうとしていたのか」

朝生ははっきり学生たちに言ってのけた。

学生たちは全員項垂《うなだ》れて、もう隠し立てできないと諦《あきら》めたようだ。

「だいたいどちらもだよ。誰だよ、実験に使った米、食用と一緒にしている奴は」

「ごめんなさい。間違えました」

項垂れたまま謝ったのは柿崎だ。

「農薬漬けの米が来ていたと思いました？　その点は安心してもいいと思います。新米が来ていました。ハウス栽培の物なら、農薬実験ではないでしょう」

「あっ、そっちがいっていたのか。なら、大丈夫だったんだが、中身がわからなくて」

学生たちは間違いに気が付いたが、配達人はすぐさま米を脱穀して、こちらの食堂に運んでいたという。学部の脱穀機だが、いつも使っていたらしい。袋もこの時点で入れ替えられていたという。

(そんなんでいいのか？)

楓は聞き正したいところだったが、話をすすめたいのでそのまま黙っているつもりだったが……。

「まさかうちの食堂に卸してるとは思わなくて。食堂ならすぐ使ってしまうだろ。まさか人がそのまま食べるとは」

「ものすごく慌てた。皆動転してしまい、あんなことやらかした。申し訳ない」

食堂の人間にかけあうという考えもすっぽり抜けていたようだ。頭を下げる面々だが、楓は聞き捨てならないことを聞いてしまった。

「そのまま食べるとは？」

楓が疑問符をつけて聞き返す。

「ああ、加工米だって聞いたから。家畜の餌よりはいい使い道かなって思ったんだよ」

「……」

気まずそうな学生たちの顔を見て、言い出しにくかった理由がわかった。

思わず楓はテーブルを思い切り叩《たた》いた。

「家畜の餌だあ？」

楓の声がどす黒くなる。低い声に、周りがおののく。

県産米コシヒカリ。表記はこれで、十キロ四千円。大量発注しているのだから本来もっと安く済んでいるのに。さらに加工米扱いとなると、原価はいくらだ。

(馬鹿にしている！)

「ええっと、加工米は大体六十キロで九千六百円が基準のようですね」

朝生が大きな指で器用にスマートフォンをいじっている。ご丁寧に調べてくれた。

「飼料用米については……」

「ええっと、それ以上は調べなくていいと思うよ」

広崎が楓をちらちら見ている。楓は食べ物を粗末にすることは許せない。でも、食事によって健康を害するのなら意味がないと思うし、利益のために銘柄を偽って売るなんて言語道断だ。

「楓さん、ナマハゲのように包丁を振り回したりしないでくださいね」

朝生はちらちらと窓の外を見ながら言った。

「なんでよ」

「落ち着いて、外を見てください」

窓の外を見ると、米屋のバンが止まっていた。楓の顔が引きつる。引きつるがなんとか笑みに引き上げる。笑ったところでマスクをしたままなのでわかりにくいが。

「笑顔ってある意味脅しになりますよね」

幼馴染《おさななじみ》には、それでも表情が読み取れるらしい。

「朝生くん、黙って」

「はい、サー」

敬礼をする朝生を無視して、楓は農学部の学生を見る。

「ねえ、まだ米屋には農学部が卸した米があるんでしょうね」

「はい、すぐには売られないかと思って……」

「伝票はある？」

「……はい」

弱々しく答える学生。楓は視線をじっと答えた学生に向ける。

「すぐ取って来て」

「えっ？」

「す・ぐ・に」

「はい！」

楓が目力で相手に語り掛けたのが通じたのか、学生は走っていく。

「楓さん、他所《よそ》の男をじっと見つめるのはやめていただきたいです」

「目つきが悪くてごめんね！」

今の楓は虫の居所が悪い。足音をどしどし立てながら、棚から仕入れ帳をつかみ取る。

りんりーんとカウンターに置いた呼び鈴が鳴る。

「はーい」

楓は笑顔を無理やり作り、カウンターへと向かう。

「注文の米、配達に来ましたー」

明るい声はここ最近愛想が良くなった配達人だ。楓はカウンターの下で指をポキポキ鳴らしながら、学生が伝票を持ってくるのを待った。

タダで済ませるつもりはない。

5

美味《おい》しいご飯が食べたいです。

昨日の朝生の言葉に、楓も共感していた。そのため、すでに色々準備はしていたのだ。

「今日は沖縄風ですか？」

朝生はゴーヤチャンプルーを見て言った。ゴーヤは苦味が無くなるように塩もみをしている。豚肉、豆腐に卵とバランスの良いおかずだ。

「沖縄風と言えばそうかなあ」

ゴーヤチャンプルーはご飯に合うが、メインではない。今日はご飯が主役なのだ。おかずにゴーヤを選んだのは、もちろんカロリーオフの面がある。一応、ダイエットさせるようにという響子《きようこ》の言葉を楓は忘れていない。楓は炒《いた》めていたチャンプルーを皿に移す。

「南国風と言ったほうが正しいかも。暑いときは、暑い地方のメニューでということで、鶏飯で食べます。と言っても、冷や汁みたいなアレンジ加えているけどね」

楓が鍋《なべ》の蓋《ふた》を開くと、鶏ガラスープの良い匂いが漂ってくる。冷や汁アレンジなのでスープは昨日作って冷やしている。具材は、ササミ、錦糸卵《きんしたまご》、椎茸《しいたけ》の煮つけにキュウリ。薬味に柚子《ゆず》の皮、ネギ、ゴマに大葉を用意する。

朝生は具材を見るなり、丼ぶりを持ちご飯を準備し始めた。奄美《あまみ》地方の郷土料理で、具材をご飯の上に載っけて出汁《だし》をかけて茶漬けのように食べる。しかし、朝生は炊飯器を開けて首を傾げる。

「あれ？　楓さん、ご飯は？」

「ご飯はこっち」

楓は寿司桶《すしおけ》を取り出す。まんべんなく敷き詰められたご飯は、すでに熱を失っていた。水洗いをしてぬめりを取っている。しゃもじでご飯をよそい、具材をのせてからお玉でお出汁をかける。

「これは箸《はし》が進みますね」

お茶漬けのようにサラサラと入るので、ご飯の消費は早い。チャンプルーを食べながらも五分ほどで一杯目を完食する。

（どんどん食べろ）

楓はニコニコと笑いながら、冷や飯を見る。今日のご飯は、白滝を混ぜていない。炊き込みご飯や炒飯《チャーハン》ならともかく、白いご飯をそのまま見せては朝生に勘繰られる可能性がある。ということで、楓も手を変える。

ご飯は温かい時と冷たい時でデンプンの成分が違う。冷えるとご飯のデンプンは消化しにくい物へと変わる。これを利用したダイエットもあるくらいだ。冷や飯風にアレンジしたのは、その消化しにくいデンプンを利用するためだ。

(これ利用して、おにぎりで食べさせるのもいいかも。冷蔵して、パサつき防止にちょっとだけオイルを入れて)

新しいアイディアを思いつきながら、楓は食べる朝生を眺める。あんまり食べ過ぎても困るが、こうやって残さず全部食べてくれると作り甲斐《がい》はある。これで好き嫌いを言いながら吐き捨てられたら、エプロン投げ捨てて勝手にしろ、と言い放っていたかもしれない。

「これいいですね。レシピ教えてくれませんか」

三杯目の丼ぶり飯を平らげたところで朝生が言った。楓は頬に指をあてる。

「ご飯粒ついてる」

「これは失礼」

「って、どうしたの？　自分で作る？」

楓は首を傾げながら聞いた。自炊されると困るが、止める理由は楓にはない。

「いえ、合宿のときに出そうかと思いまして」

「合宿かあ」

そういえば朝生は柔道部に所属していたことを思い出す。

「柔道の？」

「その合宿は、ですね」

他にもいくつか掛け持ちをしていると聞いたことがある。

「朝生くんって階級一番上って言っていたけど、階級落とさないの？　普通、落としたほうが有利でしょ？」

「遠まわしに痩《や》せろと言ってますね」

「じゃあ痩せろ」

「直接言わないでください。このままでも十分可愛いじゃないですか」

「自分で言うな！　百キロオーバーを可愛いと思える感性は持ち合わせていない」

楓がきっぱり返す。

「落とすとすれば九キロは確実に落とさないといけませんからね。あと落としても、百キロ級には別の部員がいるので僕が出ることはないんですよ」

一応、階級を落とすことについては言及してくれたようだ。

「ええっと、九キロってことは百九キロ？　一キロ増えた？」

「百八ですね！　そんなに重くありません」

いや、どちらにしてもどんだけなのだ。煩悩の数だけ体重があるなんて。楓は頭を振りながら、唸《うな》る。唸るが声は押し殺す。

「大学に入ってから安定して変わりません。部活では毎回測っていますので」

楓は一応、高たんぱく低脂肪のメニューを作っていたつもりだが。もう二年、体重が減ったようには見えない。多少は痩せているものだと信じていたけど。もしかして、楓は朝生を甘やかしているのだろうか。

(全然だめだ)

家賃をタダにしてくれている響子に申し訳ない、項垂《うなだ》れてがっくりする。

「楓さん、今日も美味しかったです」

朝生は手を合わせて満足そうだ。楓も朝生の五分の一ほどの量を食べて手を合わせる。今日は色々あったので疲れてしまった。食器を片付けなくてはいけないのに、ついリビングのソファに寝転んでしまう。

「あー、もうあの米屋、ろくでもなかったわ」

「ひどい話でした」

あのあと楓は米屋の配達人に証拠を突き付けた。最初はしらばっくれていた配達人だったが証人も全員揃っていたので観念した。しかし、ひどいことに米屋のほうは、「配送のやつが勝手にやっただけで私は知らない」と関与を否定した。

ただ、米屋の倉庫には大学から仕入れた残留農薬米が見つかった。配達人が学食に持ってきた米がそれだったという。店頭にはさすがに出さなかったらしい。米屋の考えとしては親戚《しんせき》が大学関係者だから何かあればもみ消しができる。だから安物を高く売りつけようとなったらしい。

ちなみに伝票を照らし合わせた結果、本来の売値より五十万以上儲《もう》けていたことがわかった。今後はもう仕入れ業者を変えるつもりだ。食べ物を出すに当たって信頼というものは大切なのだ。

農学部の学生たちについては、広崎と話し合った結果、内部で片付けることにした。そこは色々、嘘を塗り固めることになったが、台本は朝生が作ってくれたので問題なく終わった。ただ、安心した学生たちの肩を朝生が「これからよろしくお願いします」と叩《たた》いていったのが今回の事件のしめくくりといったところか。

（ああやって友だちが増えるのねえ）

しみじみと思った。

楓は動かなきゃ、と思いつつ身体が動かない。朝生の部屋はエアコンがちょうどいい設定温度でこのまま眠ってしまいたくなる。

「楓さん、洗い物はしますけど、ここで寝ないでください」

「えっ。洗い物してくれる？」

それは嬉《うれ》しい。楓はさらにだらっとソファにくつろぐ。革張りの良い品だ。さすがお金持ちの家は違う。エアコンも効いているし、天国だ。テレビでも見ようか、とリモコンを取る。スポーツ専門チャンネルが映ったので地上波に替えて、頭を使わない感じのトークバラエティを見る。

朝生は洗い物をしているようで、カチャカチャジャバジャバ音が聞こえる。

「楓さーん、そんなに居心地いいなら泊まっていきますか？」

「いいねー。タオル貸して——」

「そこは恥じらってもらいたいところなんですけどー」

恥じらうも何も相手は朝生なので仕方ない。だが、本当に泊まるわけにもいかないので、重い腰を上げて起き上がる。朝食の準備はもう終わっている。炊飯器にタイマーをセットしているし、冷蔵庫の中にはお出汁と鶏飯の具を入れている。具材をちょっと増やしているので、お茶漬けとして十分楽しめるはずだし、他に常備菜もいくつか入れている。

「じゃあ、私明日は休みだから。夕方来るのでよろしく」

朝生の昼ご飯は学食で食べることが多い。朝生ももう大人なのだし、昼くらい自分で食べられるだろう。

楓は明日一日夏物のバーゲンにくりだすつもりだ。よく食堂のおばちゃん扱いされているが、まだまだ年頃の女性なのだ。お洒落《しゃれ》の一つくらいしたい。秋桜を誘っていこうかと思ったけど、彼女とは服の趣味が違うので一人で行く。ぼっちではなく一人で自由に選びたいからだと言っておく。

「じゃあ。ご飯は食べ過ぎないようにね！」

「わかってますよ」

親指を立てて、眼鏡をきらりと輝かせている態度から、絶対無理だろうなあと白い目で見る。炊飯器のご飯は白滝を刻んだものを混ぜたダイエット用である。

朝生の部屋を出て、楓はエレベーターに乗る。自分の部屋がある階を押し、ぐーんと下がっている途中、鞄《かばん》の中でブルブルとスマートフォンが揺れた。

（誰だ？）

番号は出ておらず『コスモス』と表示されている。楓は部屋に入ると、電話をとった。

「なに？」

『楓……』

妙にしおらしい声だった。何があったというのだ。

「どうしたの？」

楓が部屋の電気をつけながら言うと、秋桜は消え入りそうな声で何か言った。

「なに？　聞こえない？」

『……って』

「なに？」

『匿《かくま》って』

秋桜は、彼女らしくない声で言った。

五、くず餅と学園祭

1

「朝生《あそう》くん」

「なんですか、楓《かえで》さん？」

楓は朝生の部屋の玄関先に大きなプラスチック容器を三つ置く。

「今日の夕食。温めればいいから。あと、ご飯は炊きすぎないように！　夜は三合まで」

「今日もお出かけでしょうか？　この時間から出かけるなら危ないので、お供しますよ」

「いや、出かけるんじゃなくて、友だちがうちに来てるんだ。悪いけど、しばらくその子が泊まるから、作り置きで我慢して」

朝生は玄関の柱に寄りかかり、首を傾げている。

「どのくらいの期間になります？」

「うーんと」

楓は首を傾げて、カレンダーを見る。

「学園祭までかな？」

朝生がぽかんと口を開けた。八月の始めまであと半月以上ある。実に申し訳ない。

話は少し前にさかのぼる。


「ってどういうわけ？」

楓はクッションに座った秋桜《こすもす》を見る。持ってきた荷物には服やら化粧品やらが急いで詰め込まれたらしく、ファスナーからはみ出していた。楓は秋桜からの電話を受けた翌日、つまり今日、秋桜と会った。そして、秋桜は楓の部屋までやってきた。

秋桜は周りを気にしているようで目深に帽子をかぶっており、外で話をしたくなさそうだった。ただ、楓に「学園祭まで、家に泊めて」とだけ言ってやってきたのだ。理由については まだ深く聞いていない。

「……どういうっていうか、最悪なの」

秋桜はスマートフォンを楓に見せた。楓が覗《のぞ》き込むなり、「うげっ」と嫌な声を上げる。

郵便受けの中に虫、しかもあまり口にしたくない恐るべき害虫が入っている写真だった。

「これも」

透明のビニール袋に入ったものは、新聞の切り抜き文字で書かれた脅迫文だった。

「こんな地方の大学のミスコンでもこういうことあるんだ」

「感心しないでよ」

秋桜がじーっと楓を睨《にら》み付ける。楓は腕組みをしてテーブルの上に置かれた脅迫文とスマートフォンの写真を見る。

「感心するのは、あんたに対してだよ。物的証拠と言わんばかりに脅迫状保管しているでしょ。郵便受けのはさすがに捨てただろうけどわざわざ写真とってるし」

「察しがいいね。楓のそういうとこ好きだわ」

画面をスライドさせると、嫌がらせのオンパレードが流れる。

「恨み買うようなことした？」

「してないけど、美しさは罪っていうのかな」

わざとらしくしなを作る秋桜に楓は蹴《け》りを入れる。物的証拠を残すようなしたたかな性格の秋桜だが、切羽詰まった声で助けを求めるとはどういうことだろうか。

「ねえ、何があったの？　匿ってもらうなら私のとこじゃなくても良かったでしょ？」

秋桜は現役大学生で、キャンパスには他にも友人が多数いるはずだ。サークル活動もやっているしもっと適任はいる。

「……自分の愛用ブランドの下着、サイズぴったりの物が郵便受けに入れられていたらどう思う？」

「……買わなくてラッキー、とか思うほど前向きじゃないかな」

どう考えても気持ち悪い。

「しかも、なんか濡《ぬ》れてたんだよね」

「……」

楓は一瞬無言になり、その後頭を抱えて「いや——！」と叫びだした。考えたくない、気持ち悪い、なんだそれは、もうありえない、受け付けない。気丈な秋桜が助けを求めた理由もわかった。

「誰だよ、それ。通報！　通報しなよ！」

犯罪だ、有罪だ、実刑にしてやりたい。女の敵だ、敵、敵、敵だ。

「通報したいよ！　でも、それだと相手の思うがままでしょ！」

『相手』と秋桜は口にした。まるで犯人を知っているような口ぶりだ。

「誰がやったかわかってるの？」

「わかっているも何も、これでしょ。下手に警察に届けて中止になったら困るじゃない！」

秋桜はスマートフォンの画面を見せる。学園祭のミスキャンパスの公式ページ。大学を代表する美女十人が並んでいる。楓に投票させたネット投票のページだ。秋桜の順位は現在五位だ。

「私、ファイナリストにはほぼ決定というか」

ふうっと、ため息をつきながら秋桜が言った。楓はもう一度、蹴ってやる。

「つまりストーカーではなく、ミスコンを辞めろっていう嫌がらせってこと？」

「ストーカーならゴキブリ潰《つぶ》したの郵便受けに入れないでしょ」

「ねえ、鳥肌立つから潰すとか言わないで」

あのカサカサする黒光りする生き物を思い出して、ぞわっとした。食堂ではよく出るので楓は徹底的に駆除に心がけている。

「去年も似たようなことあったみたいだし、有名税だと思えばやっていけるけど」

「下着はちょっとねえ」

「うん。しかも、何故か私愛用の下着ブランド知っていたってこと」

楓はぽかんとして、また違った意味で鳥肌が立った。

「外に干してた？」

「室内干しよ」

普通、女の子の一人暮らしなら基本だろう。楓だっていくらベランダが区切られていても、下着は部屋の中に干している。どうやって調べたのだろうか。下着なんてもの、そうそう人前にさらすわけがない。楓はちょっと気まずそうに秋桜を見る。

「ええっと、現在、彼とかは？」

「いないから、今は！」

「今は、ね」

「元カレは違うからね。別れてからきっぱり違うブランドにしたから」

「そ、そういうもんなの？」

楓はちょっと驚く。自分なら勿体《もったい》なくてわざわざ変えることはないだろうな、と思う。

「じゃあ、誰が……」

「だから、楓のところに来たのよ。あんたなら、ミスキャンパスなんか興味ないでしょ」

だからか、他の友だちではなく、わざわざ楓のところに来た理由は。

「学科の授業か、サークルのときしか思い浮かばない。下着の種類、知られるとしたら」

「それって」

知り合いの中に秋桜に嫌がらせをしている人物がいるかもしれないということだ。友だちと思っている人物さえ容疑者になってしまう。アパートにそのまま一人でいるのも問題、だからといって軽はずみに誰かに頼れない。

「……ごめん、だから悪いけどしばらく泊めて！」

「うん」

ここで「YES」と答えなければ、なんという非情な奴だろう。楓の部屋は、三階。基本、オートロックで、エントランスで住民以外は簡単に入れない。

「うわー、やったー！　ってか、部屋広ーい」

秋桜が大騒ぎで寝室のドアを開けた。そして、ホームセンターで買ったパイプベッドとプラスチック製の収納ケースが並んだだけの所帯じみた内装を見て落胆をあらわにした。

「貧相じゃね？」

「勝手に覗くな！」

楓は思わずお尻《しり》を蹴ってしまった。どんどん暴力的になってしまう。部屋は立派でも、家賃がないようなものだからやっていけるだけで、楓の収入は人並の初任給しかない。

「社会人でしょ？　もっとお洒落《しゃれ》にいこ？　ドレッサーくらい買お？」

「んなもん、洗面所で十分だ」

「もしかしてホットカーラーとかない？　ヘアアイロンは？　それくらいあるよね？」

首を振る楓を信じられないと見る秋桜。

「三角巾《さんかくきん》いつも被《かぶ》っている私に必要と思うわけ？」

（ジャージ女だったくせに！）

本当に人って変わるものだと思いつつ、夕飯は何にしようかと考えた。そして、朝生のことを思い出す。

（どうしようか）

一緒に食事するのも変だし、とりあえずおかずだけ朝生の部屋に持っていけばよいだろう。こちらの部屋はちょっとキッチンが狭いが、それでも十分大きいのだ。

「コスモス、ちょっと野菜刻むの手伝って」

「その呼び方するな！」

秋桜はリラックスモードに入ったのか、部屋着に着替えて、柔軟をしていた。

「泊めてやるんだから働け！」

楓は玉ネギを入れたボウルを秋桜の前に置く。実家から送られてきた野菜だ。

「ちょっ！　玉ネギ多くない？　こんなん食べるわけ？」

「いいから黙って剝《む》いてね」

新玉ネギなので水にさらしてサラダにもできるし、色々使い勝手がいいのだ。

「私、玉ネギ嫌いなんですけど」

楓はにこにこと笑いながら、秋桜の耳を引っ張った。

「いて、いててて」

「玉ネギは食べられるでしょ？」

食べられないならともかく好き嫌いなら楓は許さない。

というのが、朝生に断りを入れた理由だった。

2

（気が付けば夏休み）

本来なら閑散としているはずのキャンパスは妙に人が多い。なにやらビラを配る人間や、道端でジュースを販売する人もいた。眼鏡の人が丁寧に売っている。パラソルまでつけて本格的だが、販売許可は出ているのか心配になりつつ、楓は横目で通り過ぎた。

（学園祭近いからなあ）

こんな半端な時期に、との疑問には答えらしきものが数パターンある。その中の一つが大学周辺の商店街は、長期休みに入ると売り上げが二割減るらしい。少しでも帰省の時期を伸ばそうという魂胆説が最有力だ。

大学に広大なキャンパスがあるということは、それなりに土地が安くないといけないのでどうしても田舎になる。田舎というけれど、一応首都圏には都市高速で一時間以内の場所だ。問題は、電車が止まらないことだろうか。他の理由は、学園祭のせいで授業をサボる学生が多かったためとかあるがどれが本当か定かではない。ただ、八月のはじめに学園祭がある、それは事実だ。

「うちは今年も出店はやらないのねえ」

残念そうに言ってくれるのはパートの箕輪《みのわ》さんだ。数年前までやっていたらしいが、正社員の人数が減ったことで、無しになったという。

(うん、あったらたまらない)

というか楓がしっかり確認してやらないことが決定している。出店をやるにはリスクが大きい。メニューを作り、テントを借りて、ガスや電気も借りないといけない。食堂で店を開くという手もあるが、正直敷地の外れにあるので誰も来ないだろう。何より一番気をつけなくてはいけないのは、野外で料理をするため衛生面に気を遣う。パートさんをかりだしてまでやる理由はない。

「面白いんだけどなあ」

「無給でやってくれるなら」

「ああ、無理だわ」

とのことだ。大体、儲《もう》かる屋台というのは、機材さえあれば材料費の安いかき氷とか綿あめだが、食堂関係者がそんなものをやれば文句をつけられるのである。実に理不尽だ。

「息子も何かやるみたいなのよ」

「へえ。何をやるんですか？」

基本、研究室や部活、サークルごとに店を出す。資金繰りは金のない学生がやるので、前売り券を売りさばいてそれを元手にやるのが基本だ。通りすがりのジュース売りは、その元手を作るためにやっていたのかもしれない。

食堂に学生がちらほら来るが、大体が学園祭のミーティングか無料でガスコンロ貸してくれなんて無茶いう連中ばかりで、さして忙しくはない。

「ええっとねえ、ミスキャンパスとかやっているらしいのよ」

「……」

とてつもなく納得した。いや、箕輪くんがミスになるわけではなく、ミスコンの主催をやるということだろう。ものすごく嫌な予感がする。

「それで、テレビとかでミスコンの不祥事とか聞くじゃない？」

「ありましたねえ」

まさに今、居候が渦中にある。

「この大学でもあるんじゃないかと思ったんだけど、息子に限ってありえないから」

箕輪さんの発言に、けっこう親ばかなのかと、楓は思う。

「騙《だま》されることはあっても、逆はありえないし、何より図体《ずうたい》の割に度胸ないからねえ」

「そ、そうですね」

楓は笑いをこらえてうつむいた。よくわかってらっしゃった。

最後に鍋《なべ》を洗うと、箕輪さんは時計を見てタイムカードを押す。夏休みの短時間営業なのに来てもらって申し訳ない。

「ねえ、あんたらなんでここにいるの？」

楓はあからさまに邪険な態度をとった。

「場所をお借りしてます、学園祭の打ち合わせっス」

以前はもう少し偉そうな態度だったが、多少は敬語もどきを使えるようになった箕輪くん他数名である。周りを気にしてきょろきょろしている。

「パートさんなら昼までだから」

「そ、そうか」

（かーちゃんならさっき帰ったよ）

そして、もう一つ疑問がある。

「なんでここにいるの？」

「はい。時給千八十円でウェブ管理として雇われています」

聞きなれた敬語の男は、言うまでもなく見慣れた巨漢だった。巨体で燃費はすこぶる悪いが、朝生はデキる男なので、計算関係はお手の物だろう。

「時給そんなに払えるの？　一食奢《おご》るとかじゃない、普通」

ちなみにこの学食のパートは賄い飯付きで八百五十円である。

「僕の一食を常人の一食と同じとでも？」

朝生が無駄に眼鏡を輝かせて言った。げっそりとする箕輪くんとその仲間たち。一度で懲り、素直に金を払うほうが安いと学習したようだ。

「ミスコン関係の？　最終選考決まったの？」

やけに自信満々だった秋桜を思い出す。

「それが、ネット投票をしたのが問題でして」

「不正票が多い！　自演多すぎ！　そんなお困りの際には、一家に一台、ＩＴデブ」

朝生はカチャカチャカチャターンとキーを打ち鳴らす。「おおっ！」と尊敬のまなざしが朝生に向けられる。楓は学食に誰も来ていないことを確認すると、空いた椅子に座る。

「……ええっと」

「お構いなく」

学生が悪さしないように、監督しているのであって、決して最終選考に残る人間が気になるわけじゃない。

「いいでしょうか、会長？」

箕輪くんが奥に座った眼鏡の人に言った。一応、この場の長らしい。朝生とは対照的に痩《や》せた眼鏡だった。楓は、どこかで見たことがある気がした。

「いいんじゃないかなあ。邪魔しなければ」

眼鏡の会長は紙コップをもてあそびながら言った。

「あれ？　今日、ジュース売っていませんでした？」

朝、来る時に見かけたジュース売りだ。販売許可が出ているか気になっていた。

「見られていたんですね。うちの伝統みたいなもので、資金集めの一つです。宣伝もかねて。割高でも、カンパと思ってけっこう買ってくれるんです」

会長は、持っていた紙コップを見せる。ミスコンのロゴが入っていた。楓は去年も大学の学食でバイトとして働いていたが、夏休みは帰郷していたので知らなかった。

「一杯三百十円は高いと思いますけどね」

「半端な額ですね」

三百円きっかりにしないのだろうか。小銭の処理が大変だ。

「デポジット制になっているので、紙コップを返却すれば十円返す仕組みです。ただ、手渡しなので面倒ですから、あまり返す人いませんけどね」

なるほどねえ、と楓は頷《うなず》く。

「そろそろ、話を戻していいですか？」

真面目に言い出したのは、朝生だった。そういえばネット投票がなんたらの話だった。

「不正票について僕も専門ではないので、同一アカウントから送られてきた投票を消すしかできませんよ」

「ともかく頼む」

「今日の十二時時点での結果はこれですね」

並んだ写真をのぞき込む。見覚えがある顔を見てほっと息を吐く。最終選考に残ったのは五人だ。最初は何人いたかわからないが、ネット投票の時点で十人いた。

「困ったことに一番不正票が多かったのが、ここら辺なんですよね」

朝生が五人の顔写真のうち一番目と三番目をとんとん叩《たた》く。

「うわあ、まじかよ」

「落としづらいかもなあ」

「悩みどころだ」

楓は首を傾げながら、朝生を小突く。

「不正したのに落とさない理由を百字以内で述べよ」

「参加者がやったという証拠はなく、人気があれば、ファンが勝手にやったという弁明を聞き入れないわけにもいかない。また、ばれていないだけで他に不正票の可能性はある。疑わしきは罰せず、この国の基本なので」

「うん、大体百文字くらいか」

顔が見えない投票なんて面倒なものだ。

「とりあえず、この五名に通達かな」

会長が深いため息をつく。

「そういえば申し遅れました」

会長は改めて楓にぺこりとお辞儀をして懐から名刺を取り出した。受け取ろうとして、楓は慌てて三角巾《さんかくきん》とマスクを外す。同じくぺこりと頭を下げて、名刺を両手で受け取る。

「姐《あね》さん」

「あんたの姉になったつもりはないよ」

半眼で箕輪くんを睨《にら》み付ける。

「い、いえ、けっこう若かったんですね、てっきり……」

(おばさんと言いたいのか)

「三枚におろしていい？」

ぴくぴくとこめかみを引きつらせて楓は言った。箕輪くんの前でマスクを外したのは今回が初めてだった。しかし、声でわかるだろうにと首をきゅっと絞めたくなる。

「しばらくこちらを拠点に使いたいのですが、駄目でしょうか？」

会長が丁寧に聞いてくる。朝生も賛同する。

「今まで話し合いとかで使っていた場所とかないの？」

「頭脳労働には、糖とアミノ酸が必要なので」

「今日のおすすめはゆずシャーベットと豆腐ハンバーグです」

朝生対策にカロリー控えめメニューをおすすめする。

「三つずつお願いします」

「一つずつで我慢してください」

何か言いたげな朝生を「夕飯減らすぞ」オーラで押さえつける。他のメンバーたちも場所を使っている負い目からか注文してくれる。空気を読んでか、同じメニューを頼んでくれるので助かる。豆腐ハンバーグが五つにライス大が三、中が二、シャーベットは七つだ。ハンバーグは冷凍していた種を解凍してさくっと焼く。シャーベットはよそうだけ。ビタミンが足りなそうなのがいるので、多めにキャベツを切っておく。せっかくなので海藻サラダもサービスしておこう。

いつもの密会場所で話しているため、会話は離れていても丸聞こえだ。有名大学のミスキャンパスならアナウンサー志望にとっては垂涎《すいぜん》の的で、足の引っ張り合いがあるとかないとか。大学には数万の学生がいる。何かしら恩恵があるのだろう。

秋桜が最終選考に選ばれるとは感慨深い。吹き出物と体重で悩みつつ、制服の下にジャージを穿《は》いて登校していた中学時代が懐かしい。お祝いにまた米粉ロールケーキを作るかと考える。フライ返しで蒸し焼きにしたハンバーグをひっくり返し、ライスをよそう。肉汁が美味《うま》そうにあふれる。豆腐入りとは思えない出来だ。

「できたよー」

皿が多いので呼びつける。颯爽《さっそう》と現れたのは朝生で、ウエイターのように皿を運んでいく。実際ウエイター経験あるのではないかと、皿を片手に四つも持っている姿に感心した。

『ところで問題が……』

フライパンを洗いつつ盗み聞きすると大体、厄介なことになっていた。

楓は、食堂の壁に貼ってあるポスターを見る。学園祭は大丈夫だろうか。

3

「ただいま帰りましたー」

朝生がマンションに帰ってきたのは、夜の七時過ぎだった。楓は自室に秋桜を置いて、朝生の部屋で食事の準備をしていた。朝生からは事前にこの時間に帰ると言われていたので、時間を合わせたのだ。ミスコン関係で色々聞きたかったのもある。料理の下ごしらえは楓の部屋でやって、秋桜にも手伝わせた。

「晩ご飯いる？」

「もちろん、いただきます。シチューですか？」

返事代わりに準備していたシチューを出す。ちょっと声のトーンが下がった気がした。

「材料がお得だったんですか」

「農学部から貰《もら》ったの、ジャガイモ」

先日、米のことで迷惑をかけたと貢いでくれる。彼らに責任はないがくれるものは貰っておく。学食の材料として使うわけにもいかないから、パートさんたちと分けている。

ということで、シチューにポテトサラダと芋尽くしだ。シチューは豆乳を使い、野菜はたっぷり。ポテトサラダはしっかり冷やしている。前にご飯を冷やして、鶏飯を作ったときと同じだ。冷やすことで吸収しにくい炭水化物に変わる。

ついでだからと、秋桜にも美容メニューになるように頑張ってみた。

「カレーではないんですね」

「鶏肉《とりにく》が特売だったからね。芋はかなりあるからそのうち作るわ」

「……それではポテトは、フライドポテトはありませんか？」

朝生は定番の芋料理を所望した。あらかじめ予想がついていた楓はオーブンを開ける。

「ノンフライ」

「さすがです！」

皮ごと食物繊維たっぷりで味付けはバジルソルト。油で揚げなくてもカリカリしている。さすがにこれを冷やすのはかわいそうなのでアツアツを渡す。芋尽くしの炭水化物ばかりでやはりバランスが悪い。楓はトマトの串《くし》切りをつけ加える。シチューにもブロッコリーを添え、色だけでも華やかにする。

「遅いけど、仕事そんなに大変なの？」

「大変というか、あの手のイベントでは問題事が多いもので」

昼間に盗み聞きしていただけでもなんとなく察することができる。ここで普段なら「大変ねえ」と他人事《ひとごと》で済ませるところだが。

「ねえ、どういう問題が起きるわけ？」

「どうしたんですか？　普段なら『大変ねえ』とでも言って、さっさと夕飯を始めるところだと思うんですけど」

「何気に声真似しないで」

見透かされて居心地悪い顔をしながら、シチュー皿をテーブルに置く。主食はいつもの丼ぶり飯だが、炭水化物多めなので一合半しか炊いていない。朝生は少し悲しそうに炊飯器と楓を交互に見たが、諦《あきら》めてもらおう。楓はすでに夕飯を秋桜と済ませてしまったので、お茶だけいただく。心なしか、朝生が寂し気に見ている。

「楓さんのお知り合いが参加者にいるんですか？」

朝生が聞いた。朝生がそっと最終候補の一覧が載った紙を見せる。ポスターにするようで、レイアウトの途中だろうか、鉛筆で指示が入っている。画像処理も時給千八十円の中に入っているらしい。

「この子。中学の時一緒だったのよ。まさか同じ大学にいるとは思わなかったけどね」

おすまし顔で笑みを浮かべる秋桜を指す。

「努力したよなー。こんなのに残るくらい美人になっちゃった」

「綺麗《きれい》になりたいと思う人はやっぱり思う分だけ綺麗になりますからねえ。ただ、方法を間違える人もいますよ」

朝生はぱくりとポテトを食べて飲み込んでから話を続ける。

「昨年の参加者は、エステ代に百万以上つぎ込んで、消費者金融に手を出したって聞きましたし」

「うわっ、マジで？」

楓は引き気味になりながら、トマトをフォークで突き刺す。

「問題ってそっち関係？」

まさか秋桜も手を出していないか心配になる。

「実は、泊まっている子はこの子なんだよね」

「納得しました。問題は、嫌がらせの類《たぐい》ですね」

「やっぱり他にもあるんだね」

「今日の問題提起はそれでしたから」

朝生が眼鏡を持ち上げながら、ポスターの原案を見る。大きな指が指したのは、一位通過と言っていた女性だ。一位だが、どこか怪しいもので一番多く不正票が入っていた。

「不正なんてやったら、印象悪くならないのかな？」

「悪くなりますよ。ネット投票では票数を公開していましたし、直前で票数が大きく変わったら気付きます。今回の場合、順位は変わらなくても一位の票数が大幅に減ったので聡《さと》い人は何があったかわかりますから。この時期だと専用の掲示板立っていますし、噂になっているでしょうね」

「ネット怖い」

悪口なんてものは一度されたら、あることないこと書かれてしまうものじゃないか。よく怖い事件が起こっているのに、なぜここまで目立ちたがるのか楓には理解できない。

世の中美人が得するのはわかる、けど同時に損しているのだと思う。綺麗な人はモテるけど、必ずしもいい人ばかり引き寄せるわけじゃない。楓のように何も虫が付かないほうが楽なことだってある。

「ずるいなあ、女の子ばかり見世物になるなんてさ」

「ミスターキャンパスもやっていますよ。ミスに比べると地味でネタに走りやすいです」

「そうなんだ」

「ええ、主催は女性を中心としたグループがやっています。立候補者が中々いないので、無理やり参加させられることもしばしばで、実は……」

朝生はそっと椅子から立ち上がると、鞄《かばん》からチラシを取り出した。

「僕も参加することになっています」

楓はお茶を思い切り吹き出すという失態を犯してしまった。とりあえずこの件は聞かなかったことにしておく。

4

「楓さん、昨日の献立も美味《おい》しかったのですが、納得がいかないことがいくつか」

朝いちばんに食堂に来て、不満を口にした。玉ネギサラダ、玉ネギの卵とじ、丸ごと一個煮込んで作ったオニオングラタンスープに、オニオンリング。ついでに、常備菜として玉ネギのマリネも作った。

(ちょっとやりすぎたかな)

楓の実家から、玉ネギ便がまた届いたのだ。腐るとものすごく臭いのでさっさと消費しようと頑張った。秋桜はいやいやながら食べていた。サラダと卵とじは駄目だったが、スープとオニオンリングならいけた。要は生っぽい感じが残ってなければいけるようだ。

「来客はまだいらっしゃるんですよね。野菜の切り方が下手でした」

「そこで区別つけるのね。早く帰ってもらいたいなら問題を解決して」

「と言われましても、僕の管轄ではありませんからねえ。あくまでウェブ担当ということで雇われましたし、今は別のバイトをしています」

大学生がバイトをすることは別におかしくない。ただ、楓は首を傾げる。

「朝生くんってバイトする必要あるの？」

朝生の家は裕福だ。別にバイトをしていなくても十分仕送りがあるだろうに。朝生は楓の反応に顔をしかめる。

「私物は自分で稼いだお金で買っています。もうすぐ成人ですから、それくらい自分でやりますよ。家庭教師とか」

「そうなんだ。可愛い子？」

「家庭教師をつけるような親御さんは基本、異性の先生はつけませんよ。それとも、生意気盛りの男子中学生に対して可愛いという形容を使ったほうがよろしいですか？」

「やめて」

なんだかいけない方向に聞こえてしまうので却下した。話しながらレジのつり銭があるかどうか確認する。ちゃりんと、細かいお金をコインカウンターに入れながら会話を続ける。

「家庭教師ってけっこう時給いいんだよね」

「はい。僕の場合、時給三千円ですね」

「三千って、かなり高くない？」

楓は目を丸くして返す。有名大学ならわかるが、この大学の家庭教師の相場としては高すぎではなかろうか。

「はい。仲介を通していないのと、もう一つ事情がありまして」

「事情？」

「相手は父親より体格が良くなった反抗期の息子、やや非行に走りかけているといったら」

「……」

自称インテリデブだが、朝生は柔道で黒帯だ。しかも階級は超重量級。

「寝技ならかけていいと承諾を受けております。加減しますので怪我はさせません」

「ええっと、その教え子って逃げ出したりしないの？」

「そんなヘマしませんよ」

笑いながら言う朝生が怖いと思った。

「嫌がらせがまだ続いているのですか？」

「嫌がらせはともかく心配だからね」

妙にしょぼんとした顔をする朝生。なんだか、最近顔が小さくなった気がする。もしかして、秋桜向けメニューが効いているのだろうか。

「ちゃんと作ってるでしょ。美容強化メニューで悪いけど、洗い物はやってね。ご飯炊きすぎちゃだめだよ。一人で出来るでしょ？」

「えっ、ちょっと、楓さん？」

朝生が少し慌てた顔をするが、楓はつり銭をレジに入れて時計を見る。

「もうすぐパートさん来るから。じゃあね」

「か、楓さん！」

パートさんの前でだらだら喋《しゃべ》るわけにはいかないと、会話を切り上げて楓は厨房《ちゅうぼう》のほうへと入った。

仕事を終え買い物も済ませた楓が家に帰ると、顔にパックを張り付けた秋桜が出迎えた。

「毎日よく作るね」

「慣れているからね」

楓はキッチンに使う分の食材を置いた。朝生の部屋で料理をするという方法もあるが、秋桜を一人部屋に置いて朝生のところへ行くというのも変なので仕上げだけあちらでやる。

朝生のことを説明すべきかどうか考えて楓はこう説明している。

「マンションの部屋安くしてもらう代わりに、ここの大家の食事作ってる」

間違いではない。秋桜は家族だと思っている。朝生一人でおかずは五人分くらい食べるので一家族分だ。

「やっぱ料理上手だとアピールになるよねー」

「何が言いたい？」

「ねえ、作っているところ写真撮っていい？」

目をきらきらさせて、秋桜が言うものだから楓は半眼で彼女の耳を引っ張った。

「いてて、てて！」

「ブログのネタにするなら、手伝うこと。何度言ってる！」

「写真だけ撮らせてくれればいいのに」

ブーイングを飛ばす秋桜を無視して楓は米を取り出す。白米、ありがたいことに新米をいただいている。農学部からの献上品だ。

「じゃあもっとカロリー控えめでお願い」

楓はパックをはがす秋桜の前に立つ。手を伸ばし、秋桜の腹肉を摘《つ》まむ。

「く、くすぐったいから！」

「減らす必要なし！」

摘まめるほどなかった。

「なんで！　もっとシュッとすらっといきたいんですけど」

「これ以上痩《や》せるな！　私が許さない。それよりも気になるのは」

秋桜の頬をぷにぷに触る。さっきまでパックをしていたのでうるおいはある。だが、なんだかハリがない。ポスターの写真やブログではつやつやしているように見えたが、あれは加工というものだろうか。

「秋桜、あんた油とってなかったでしょ？」

昨日のオニオンリングも玉ネギが嫌いなのに、外側の衣を外して中身だけ食べていた。衣は米粉だから大丈夫と説明したのに。他の料理でも油ものを避けていると気が付いた。

「だって、私脂性だから」

昔は散々ジャンクフードのポテトを食らいまくっていた人物が何を言うか。当時はアレルギーとともにニキビで肌がボロボロだった。

しかし、よくダイエットということで、油を一切取らない人がいるが実は逆効果だ。たとえ痩せたとしても、人体に必要な栄養がなければきれいになれるわけがない。

「あんた、身体粉ふきやすいでしょ」

「……ボディミルク塗ってるもん」

「体にいい油使ってるから、ちゃんと食べなさい」

ぺちっと秋桜の頬を叩《たた》くと、楓は七分袖《そで》の腕をまくる。何の油なら納得するだろうか。一時期流行《はや》ったココナッツオイルを使おうか。

「太ったら困るんですけど」

「私が、ただぶくぶく太らせるだけだと思うのか！」

言い切ったあとで、朝生の姿を思い出して詰まりそうになる。いや、あれは例外だ。

「せっかくだから太りにくいおやつも作る」

「マジで？」

「おうよ」

楓はにこりと笑いながら、戸棚から粉を取り出した。夕食は後回しだ。

「せっかくだから、一緒に作るよ」

「小麦粉、ではないよね？」

取り出したる粉は『葛《くず》』と書いてある。まず鍋《なべ》に葛粉と水、砂糖、塩を入れてよくかき混ぜてから加熱する。焦げないようにかき混ぜつつ、粘り気が出て透明になったら皿に入れる。金属の型に入れたほうが綺麗《きれい》にできるが、今日は面倒なので皿で十分だ。

「これはちょっと冷やしておいておく」

冷やす間に違うものを作る。

「大豆はいいよね」

「うん」

きな粉を取り出し、ちょうどいい甘さになるように砂糖を混ぜる。鍋をもう一つ取り出し、黒砂糖と水を入れて煮詰める。このままの材料でもいいが、冷蔵庫に水あめがあったのを思い出し、それも入れてみる。

「黒蜜《くろみつ》？」

「あたり」

「くず餅《もち》よね、これ」

秋桜は目をキラキラさせて冷え始めた皿の上の餅を見る。まだちょっと柔らかいが切ってきな粉の上に落とす。

「本葛だから美味しいよ」

楓はにやりと笑った。葛粉は、わざわざお取り寄せした高級品だ。もったいなくてなかなか使えなかったが、まあ良い。まだ生ぬるいが、きな粉にまぶしたくず餅を小皿にのせて黒蜜をかける。

「夕ご飯の前だけど一つだけ」

「おおっ」

手を伸ばしかけて秋桜の動きが止まる。なんとなく言いたいことはわかる。

「葛粉のカロリーは高いけど、整腸作用もあるし身体にはいいよ。あと、きな粉は砂糖抑え目、甘さは黒糖で調整。冷やして食べたほうが美味しいけどね」

「おおう。楓、うちに嫁に来い」

「養えー」

楓は残りのくず餅を冷蔵庫に入れる。粉をあるだけ使ったので結構な量だが、朝生がいるのですぐなくなる。ご飯を手抜きしていませんよアピールに、持って行こう。

秋桜はちょっと柔らかめのくず餅を頬張って幸せそうな顔をした。

「これ、いいなあ。作り方も簡単だし」

「鍋じゃなくても、レンジでもできるよ。鍋洗うの面倒ならそっちでもいいし」

「でも葛粉ってここらのスーパーにあるの？」

唇についたきな粉をぺろりと舐《な》めとりながら、秋桜が言った。昔はもっとがさつだったのに、仕草が妙に可愛くなっている。

「んー。ここら辺のスーパー学生向けだからなー。大型店ならあると思うけど。あと、この粉、けっこう高いよ。ピンキリあるけど、これは一キロで五千円くらい」

「ご、ごせんえん!?」

楓も買うとき躊躇《ちゅうちょ》した。おかげでもったいなくてなかなか使えなかった。社会人である楓ですら、躊躇《ためら》うのだから仕送りとバイトでやりくりする学生ならもっと迷うだろう。学生向けスーパーで鶏《とり》ムネ肉百グラム六十八円のときは、戦争なのだ。

「くず餅ってスーパーに売っているのに、採算合うの？　学食でも出してたよね？」

「あれは全部葛粉使ってないからだよ」

楓は戸棚から片栗粉を取り出して秋桜の前に置く。

「今、世間に出回っているくず餅の材料は大体これ。葛粉百パーセントで使うのは老舗の和菓子屋さんくらいじゃない」

正直、葛と馬鈴薯《ばれいしょ》の粉、違いに気付く人間なんてあんまりいない。

「今回は特別だからね。普段なら、片栗粉入れてかさましするよ。あと、市販の物は他にいろんな材料入れているから、あんまりダイエット向きではないかもね」

気分的に少しだけ葛粉を入れて、『本葛使用』と銘打つくらいだ。

「うわー、じゃあすごい高級品だ」

「ということだ。今日も玉ネギサラダを食べたまえ」

秋桜の顔が、美人とはいいがたい形容になった。それでも食べさせる。

5

なんだかんだやっているうちに、学園祭前日になった。秋桜は楓の部屋に住み着き、半引きこもりの生活をしていたが、何度かミスコンのうち合わせや研究室の集まりで外に出ていた。運動不足になるかと思ったが、そうでもなく家にいる間は、レポートやブログの更新以外はヨガをすることが多かった。マンションにフィットネスルームがあったことも幸いでそこも利用していた。部外者だが、大家は響子《きょうこ》なので許してくれるだろう。

「このままここに住み着こうかな」

そんなことを漏らしていたが、楓は笑顔で拒否した。部屋は朝生の食事を作ることと交換条件で無料にしてもらっているので、それがおろそかになることを延長してはいけない。あくまで、ミスコンが終わるまでの約束だ。

しかし困ったこともあるものだ。朝生の部屋に夕飯のおかずを持っていった時だった。

「ミスコンの妨害、またあったようです」

器用にパソコンを見て片手間に小テストの採点をする朝生が言った。家庭教師は続けているらしい。鍋をコンロの上に置き、楓が目をぱちくりさせる。

「参加者の一人、衣装が破られていたみたいですね」

「マジで？　秋桜は何も言ってなかったけど」

「誰がやったかわからない状況ですから、そうそう周りの参加者に話したりしませんよ。向こうも内密にとは言っていますけど、やはり噂というのが自然に広まるもので……。とりあえず、主催者側としてもそれを考慮してイベントの進行を変えるみたいです」

朝生はなにやら奥歯に物が挟まったような顔をする。楓はコンロに火をつけ、鍋をお玉でかき混ぜながら朝生を見る。

「ねえ、誰がやられたの？」

「まるで僕が知っているみたいな言い方ですけど」

「知っているんでしょ？」

おそらく情報源は箕輪くんあたりだろうか。

「たぶん、名前を言ってもピンとこないと思います。二位の人ってだけ言っておきますね」

朝生はもったいぶるように言った。二位とは、ネット投票で二番目に獲得票をとった人のことだろう。

「二位って」

普通、狙うとすれば一位の人を狙うと思うのだが。そういえば、一位の人はネット投票のときからあまりいい話を聞かなかった。写真で見る限り、一位の人はいかにもって感じの綺麗な女性だと覚えている。

対して、秋桜といえば大学に入ってとても綺麗になった。昔みたいな立ち振る舞いもなくなり、ここ最近はちゃんと油脂もとっているので髪や肌の艶《つや》が良くなったと思う。

でも、正直言えば。

(優勝できるだろうか)

その疑問を朝生にぶつけてみる。

「無理でしょうね」

即答された。

「いい線行くかもしれません。ブログの更新もマメで自分を見せる方法を知っている。あと、今のところマイナスイメージがない。でも、それだけでは駄目なんです」

秋桜の場合、決定打がないという。ここ最近、話を聞いているうちにわかったことがある。ミスコンなんて言っているけど、要は政治なのだ。秋桜は美人になったが、参加者の中でずば抜けて綺麗というわけではない。なおかつ、所属も軽めにサークルに入っているだけであって、大きな団体票を獲得できるとは思えない。

「ファイナリストのうち、残りは大きな部活、サークルの後ろ盾があります。ミスコンは興味があったとしても、実際投票までする人は関係者以外、何割いるでしょうか。確実な票が多いほどやはり有利ですから」

　聞いていて悲しくなってくる。だが、それを言うなら美人コンテストなんてものがあるからいけないのかもしれない。楓なら、間違っても参加したくない。

「かわいそうだな、秋桜」

「そうですか？」

　朝生は鍋が温まって香りがしてきたのにつられてか、立ち上がってグツグツ煮える鍋を覗《のぞ》きこむ。夏野菜をたくさん入れたカレーだ。茄子《なす》とズッキーニが大量に実家から送られてきたのはいいが、腐りやすいのでさっさと処分するために入れた。具材は海老《えび》をつかっている。殻を煮込んで出汁《だし》が効いているので大変美味《おい》しい。先日、カレーが食べたそうだったのでリクエストに応《こた》えた。

　ごくんと唾《つば》を飲み込む音が聞こえる。楓は今日くらいちゃんとご飯をよそってやるか、と炊飯器を開けた。

「あれ？　米、無くなった？」

　ファミリーサイズの炊飯器なのに、二合もご飯が入ってなかった。これではどうみてもご飯が足りない。しかし米櫃《こめびつ》を見ると、まだ残量があった。

「いえ、最近ちょっと」

楓は朝生の顔を見る。なんだか頬がすっきりしている。この前、痩《や》せて見えたのはやはり見間違えではないらしい。いや、この男に限ってご飯で痩せるということは、では——。

「もしかして夏バテ？」

「……」

朝生はなんだか苦笑いを浮かべているようだ。

「夏バテとか、いや、痩せてくれるのはいいけど。まさか、不摂生してんじゃないよね？アイス食べ過ぎておなか壊したとか」

「楓さん、僕をいくつだと思っているんですか？」

「未成年だと思っている」

巨漢だがまだ酒も飲めない年齢だ。

「海老は失敗したかな。消化悪いよね。軽いものがいい？　付け合わせ、サラダやめたほうがいいかな。あっさりしたもの追加する？」

「いえ、カレーがあれば十分ですから」

朝生らしくない反応だ。ちらちらと楓を見ている。

「どうしたの？」

「いや、もう戻るんですか？」

「秋桜がいるからねえ」

別にこのマンションにいる限り問題ないと思うが、色々不安だと思う。朝生も元気がないが、昔と違って彼なら大丈夫なはずだ。

しかし、なんでここまでしてミスコンなるものに出る意味があるのだろうか。最終候補に残っただけでも十分じゃないのか、と思うのは楓だけだろうか。

6

学園祭というものはやはり楽しいもの。中学、高校のときの文化祭は主に展示や発表だけのつまらないものだったが、専門学校のときはとても面白かった。

楓の通っていた学校は栄養士や調理師を育成するほかに、菓子やパンを作る科もあったので、学園祭は本格的なものだった。パティシエを目指す子は、共同でウェディングケーキを作ったり、マジパンやチョコ、飴《あめ》細工で動物園やお菓子の家を作ったりしていた。

楓は栄養士科に通っていたので、料理をしたくても他の学科にいいところをとられてしまう。結果、やったのが『主婦に最適！　一日三十分でできるダイエットメニュー一か月分』という冊子を作ったわけである。栄養価を考えつつ、ダイエットに良いカロリー控えめのメニューを、しかも一か月分となればけっこう食いついてくれる人も多かったわけで、わりかし好評だった。

そして、現在、その時調べた内容が役に立っているので不思議なものだ。

話を戻すとして、大学の構内に入ると、テントが並んでいた。頭にタオルを巻き付けた男子学生が鉄板の調子を見ている。野菜がたくさん詰まった段ボールを運んだり、おつりの準備をしたりと一般公開まであと一時間あるのに見ているだけでワクワクしてくる。

「秋桜、いっぱい人来るんじゃない？」

隣にいる秋桜に楓は声をかける。ナチュラルにしか見えないメイクは三時間かけた力作であり、お洒落《しゃれ》で流行に乗りつつも清純さを忘れないカットは、一昨日《おととい》、わざわざ都内の美容室まで行ってきたらしい。昨日はミスコンの件で急遽《きゅうきょ》呼び出されていたので、前日に行っておいて正解だったようだ。

秋桜の隣に立っていると、楓は実に自分が引き立て役に他ならないと笑ってしまう。これでもマシになったほうだ。いつものさっぱりメイクをして出かけようとしたら、秋桜が怒りながらついでとばかりにメイクをしてくれた。

秋桜はスーツケースをがらがら転がし、楓も彼女が持てなかった荷物を抱えている。

「悪いね、付き合わせて」

「乗りかかった船だからねえ」

ミスコンの参加者は、控室に集まる。会場は第一体育館で、控室は近くの教室を借りている。教室に向かう途中、話しかけてくれる人がいた。ちょっとはにかみながら笑う男子学生たちで秋桜は笑顔で握手をした。楓は害がないかじろりとにらんでしまったが、秋桜は笑顔で受け答えした。なんだか、前に見た地下アイドルのドキュメンタリーを思い出す。

「あんた、偉くなったね」

「なにが」

秋桜の対応は満点だったと思う。綺麗《きれい》になった、とずっと思っていたが内面も変わったのではないだろうか。

「綺麗にもなった」

「そうでしょ」

リップでつやつやした唇に人差し指を立てて笑う顔は本当に可愛くなったと思う。

「楓には色々面倒かけたね。これが終われば楽になるから」

「ははは っ、面倒だけど迷惑までじゃないから。あとなんか奢《おご》れ」

「ここって全否定するとこだよ」

二人で笑いながら控室となった教室に向かうと、すでにほかの参加者たちが集まっていた。さすがに着替えなども行うので女性ばかりだ。

一瞬、楓たちが来たときこちらをぎろりとにらまれた気がした。でもすぐに笑顔に変わり、「おはようございます」とにこやかに挨拶《あいさつ》を返される。教室の前に一人男性がいて、先日、食堂で打ち合わせをしていた人だと気付いた。のぞき見などしない善良そうな顔をした人物を受付に置いているらしい。妥当な判断だ。できれば女性の受付が良かったけど。

「すみません、お願いします。佐藤秋桜《さとうさくら》です」

にっこりと偽名を言って、ドアをあける。楓はどうしようかと思ったが、中までお供することにした。広めの教室だったが、ファイナリスト五人が出そろうと少々手狭と言えた。病院で使うようなパーテーションで区切られていたが完全に隠せるわけじゃなく、衣装をかけるハンガーやトルソーは各自持参しているようだ。秋桜も同じで大荷物はそのためだ。入口は仕切りによって二重にされてのぞき見防止になっている。窓もカーテンが二重にされていた。

(なんだかすごい場所に来ちゃったかも)

派手な衣装が並ぶ。学生のミスコンなんて所詮《しょせん》お遊びの延長かと思ったがそうでもない。

「今日はよろしくお願いします」

ぺこりと頭を下げて入る。笑顔は眩《まぶ》しいもので、ニキビを無視してカツサンドを食べつつ、男子生徒を威嚇していた中学時代の彼女とは同一人物とは思えない。まさか、キラキラと輝く美女たちの中に入り込むとは。他のファイナリストたちは、本番前にと最後の磨きをかけていた。周りには、それを手伝う友人たちの姿が見える。

（やっぱり）

しかし、ここまで来て楓は不思議に思うことがあった。秋桜が楓のマンションに乗り込んできたのは、変なストーカー騒ぎがあったためだ。周りと離れたのも、誰が容疑者かわからない点にある。だが、それでも表向きは何事もなかったかのようにふるまうのが、こういう時のセオリーではないだろうか。あからさまに対応して、ストーカーとして全員を疑うのは、ミスコン参加者としてマイナスイメージになる。確かに、やられたことは気持ち悪いが、秋桜の神経の太さならそれくらい芝居できるだろう。

そんな彼女の周りに、楓以外応援がいないのはおかしかった。

「ねえ、秋桜」

楓が声をかけようとした。ふと秋桜の動きが止まった。急ごしらえに作られた控室には、参加者が使うドレッサーを用意してくれていた。ドレッサーの上に、紙が一枚置いてある。

「楓、ほんと悪いね」

ずいぶん、しんみりと秋桜が言った。

「だから今更何言ってんの？」

しおらしくなった秋桜はらしくないと、楓が肩を叩《たた》こうとした。秋桜が置いてあった紙をひっくり返す。画像が荒い、でも写真をプリントアウトしたものだとわかった。

しかも、秋桜の過去。ぶくぶくに太ってアレルギーとニキビで一番ブスだったころだ。その上、冬場だったらしく制服の下からジャージがはみ出している。

「……この大学選んだのも、誰も知り合いがいないからだったんだ。楓がいたのが誤算だったけど。だから、私、あんたのことずっと疑っていたんだよね」

つぶやかれた内容に楓はズクンとえぐられた。信頼していたから楓の下に来たのではなく、疑っていたから来たのだと。結局、楓は秋桜を陥れるようなことはしていなかったし、するような動機もなかった。

「でもよく考えると、楓がこんなことする必要はないし、いまどき、中高のアルバムなんてその気になれば誰でも手に入るものだよね」

控室の周りは騒がしい。普段なら気にならない女性同士の話し声も今はノイズのように聞こえる。小声で話す秋桜の声は周りには聞こえないだろう。この部屋にいる誰かが写真を置いたのだろうか。ぎちぎちと歯ぎしりをしてしまう。

「実はさ。今まで一緒に私を応援してくれた人たち、この写真見ちゃったんだよね。その時、なんかすごく微妙な顔されてさ。きっと裏で『なに、あのブス？』みたいなこと言われているんじゃないかって思って」

距離をとったのは秋桜のほうだという。そして、秋桜の過去を大学で一番よく知る人物に目星をつけて動いたと。

「ある意味、行動力は尊敬する」

「行動力があっても、私がブスだったことは変わらない」

自虐的に笑う秋桜。周りから聞こえる声が嘲笑《ちょうしょう》にすら思えてくる。ずっとにこにこしていたからわからなかった。秋桜はずっと一人で悩んでいたのだ。それでもあきらめずに今までやってきた。

楓にはなぜそこまで彼女ががんばるのか理由がわからない。確かに名誉なことだと思う。でも、秋桜はアナウンサー志望でもアイドル志望でもない。学科から堅実に資格をとって企業に入社するつもりだと言っている。

「楓って栄養や健康には気を使うけど、容姿の美醜についてはあんまり気にしないよね」

「そんなことはないと思うけど」

多少は気にする。楓も一応年頃の女性なのだ。

「楓は料理を作って満足する瞬間ってある？」

「相手が全部食べてくれて満足してくれた時かな」

相手の満足で、楓も満足する。料理を作る以上、美味しく食べてもらうのが一番だ。

「私も同じなんだよ。満足するために出るの。自分という生きものが、あんなにカッコ悪くて仕方なかったのに、何年もかかってようやくできたのが今の姿。その姿を今発表できる。中学時代から八年もかかってようやく今の姿になったの。それを私は見てもらいたい」

認めてもらいたい、ではない。見てもらいたい。

「世の中、私より美人はたくさんいて、もっと目立つ人もいる。今の姿でもブスって叩く人だっているし、それも仕方ないと思う。でも、私は見てもらいたいの。より多くの人に、こうして頑張った八年間の作品の結果を」

少し声が大きくなったためか、秋桜の下に視線が集まる。

「私は、私の努力の結果を見てほしいの。こんなにブスでやる気なくてひねくれてた私でも、努力すればここまでいけるんだって。一番にはなれないってわかってる、でも目指すのはおかしいとは言わせない！」

堂々とした彼女は確かに昔の彼女とは別人だった。

「ならわかるわ」

楓もようやく納得した。思いっきり秋桜の肩を叩く。

「正直、あんたはこのコンテストで優勝できる器ではないと思ってた。馬鹿正直すぎるの。

組織票なんて得ようとしないし、地道すぎると思ってたの。スタイルは良くなったけど、胸も並だし。でも、これだけは言える。あんたがブスだったってことは私がよく知ってる。でも、ブスがこれだけ美人になれたってこともわかる。すっごい性格もブスだったのに。もし、ビフォーアフターが表示されたら、あんたが優勝よ、優勝。それだけは言える」

「ブスブス言わないでよ、もう。今の私は綺麗なの。あと胸のことは言うな」

秋桜は怒りながら、写真を破り捨てようとして止まった。

「……そっか」

「どうしたの？」

写真を見て秋桜が笑う。脅されていたはずなのに、すごくいい笑顔だ。

「おかしくなった？」

おでこに手を当てようとすると、バシッとはじかれた。

「ちーがーうー」

そう言いながら、秋桜はスマートフォンを取り出すと、いじり始めた。中を覗《のぞ》いてみると、もう過去となった秋桜の写真がずらりと並んでいた。

「なんで、こんな画像取ってるの？」

「戒めよ。この頃の姿に戻りたくない、私はもっと綺麗になるっていう」

小麦粉アレルギーがわかった当初は大変だった。ごく軽度とはいえ、食べすぎた結果身体に発疹《はっしん》ができていた。ずっと食べ続けていた物をいきなりやめるというのは難しい。発疹がなくなったところで、次はニキビを治したいと言った秋桜は、肌がきれいなクラスの女の子にどんな洗顔がいいのか聞きまくっていたのを覚えている。

「ああ、もう画像はあるけど、パソコンがない！」

「えぇっとパソコンって？」

「今から家に帰っても遅いし、楓、パソコンは！」

「できないよ」

なんか知らないけどやれるのは報告書のフォーマットに文章を打つくらいだ。口頭で説明されてそのとおりのことをするなんて高度なことは無理だ。

「できないけど、できる奴は知っている」

「その人呼んで！」

「了解」

楓はさっそく朝生を電話で呼び出した。

7

コンテストの会場となる体育館には観客が集まっていた。パイプ椅子をかなり用意したらしいが、立見も多く、二階から見ている観客も多い。

「けっこう盛況なんだ」

ほへぇ、と楓は驚いていた。舞台裏からだと全体を見渡せる。ある意味役得だと思った。

「楓さん、顔出しすぎです」

横で朝生がかちゃかちゃとパソコンを打ち鳴らしている。秋桜に頼まれた仕事をやっているのだ。舞台裏には付添人が二人まで入るのが許されているらしい。なので他の人たちもいるためちょっと圧迫感がある。ステージの裏には一応控室のような場所があり、ファイナリストたちはそこにいる。もうすぐ出てきて、開会の挨拶をするはずだ。

「間に合うの？」

朝生は頼まれた画像編集作業をしている。のぞき見防止シートを貼っているようで、楓が覗き込んでも見えない。

「素敵なインテリデブに不可能はありませんよ」

きらりと眼鏡を輝かせるのはいいが、なんだかずれていた。楓はそっと眼鏡を元に戻す。

「失礼。最近、眼鏡のサイズが合わないもので」

朝生はノートパソコンをいじりながら、たまにキョロキョロと周りを見ている。観客席が気になるようだ。

「ねえ、朝生くん」

「なんですか？」

「結局、ミスコンの嫌がらせの犯人って誰なのかな？」

楓は小声で朝生に言った。普通に考えると、この会場、舞台裏にいる人間が一番怪しいことになる。これからコンテストが始まるので妨害が入る可能性も十分考えられる。ある意味、味方が少ない秋桜のところに朝生が付添人としてやってきたのもちょうどよかったかもしれない。

現在の時刻は十二時半、ミスコンは十三時から始まる。開会のあと、お料理対決、小休止のゲストトーク、その後一人八分の自己PRタイム、休憩時間を挟んでお色直しで出てきて結果発表となる。急遽《きゅうきょ》お料理対決を入れたため、きつきつのスケジュールだ。

昨日秋桜が出かけたのも急なスケジュール変更のためだ。朝生がイベントの進行を変えると言ったのはお料理対決のことだったようだ。本来なら衣装替えは二回行われるはずだったらしい。

「楓さんは、今回のミスコンについて誰が怪しいと思います？」

「そんなこと言われても」

ネット投票のとき不正を一番疑われていたのは一番人気の人。秋桜はこの通り嫌がらせを受けてきたほうで、他にも別の参加者が同じような相談をしているというが。

「私には情報が少なすぎてわかんないわ。朝生くんのほうが詳しいでしょ」

そっちの意見を聞かせなさい、と言わんばかりに楓が言った。

朝生は手を止めないまま、楓にしか聞こえない声で続ける。

「実行委員会に相談してきたのは五名、全員、嫌がらせの相談をしているんです」

「それって」

誰か一人が他の参加者に嫌がらせをしているのではなく、複数犯いるということか。

「可能性としては十分あり得ますね。勿論《もちろん》、誰か一人嫌がらせを受けていないと言えば疑われるので自作自演の可能性もありますけど。ちなみに、相談の中にはストーカーもあったようです」

「ストーカーねえ、秋桜のみたいなもんかなあ」

「どうでしょうか、皆さん、お綺麗《きれい》ですから」

朝生は微笑みながらパソコンを閉じる。ようやく言われたものが出来たらしい。

「どちらにしてもこれから何か起こる可能性は十分ありますので」

朝生は時計を指す。もうすぐ始まる時間だ。

「僕らはしっかり見届けましょうか」

まったく焦る様子のない朝生を見て、楓は妙に安心した。

簡単に開会の挨拶《あいさつ》が終わると、早速次の進行に移る。自己PRはあとに残っているがなんだかもったいない気がした。やはり、時間配分がグダグダになっている。

「次は料理対決なんだよね？」

しかし、ステージ上ではそれらしい準備はない。

「短い時間枠で五人の参加者が料理をするのは、設備面から考えても難しいです」

と、朝生はステージのスクリーンを指す。

「昨日収録して、映像研に編集してもらったものですね」

映し出されたのは、よくあるバラエティ番組を真似たようなものだった。素人仕事にしてはよくできているが、オリジナリティは乏しい。

料理の題材は『スイーツ』とのことで、材料にフルーツや生クリームが並んでいる。

「急遽やることになったので、皆慌てていましたよ」

「ひどい料理できてそう」

秋桜には多少料理を教えていたけど、下手でも上手《うま》くもない。お菓子は分量が大事で、ぶっつけで作るとなれば難しかろう。

「その点は考慮して、出来合いのスポンジケーキやカステラを準備していました」

「詳しいね」

「はい、映像研には知り合いがいるもので、僕も呼び出され、手伝いましたから」

楓はいつものことだ、と生ぬるい笑みを浮かべる。コミュ力どれだけ高いのだろうか。

「『○○みたいな番組を目指して』と言われたもので、個性を消してあくまで模倣という形に。もう少し時間があれば、もっとまともにできたのですが仕方ありません」

楓が思った通りだった。ある意味、要求には完璧《かんぺき》に応《こた》えている。

「正直、撮影が昨日ということで、作ったものも冷蔵保存していたものなんです。味なんてなくてもいいんでしょうけど、一応審査員は食べるみたいですね。審査員が選んだスイーツを作った人には加点されるそうですよ」

「ふーん」

審査員がちょっとかわいそうだ。食事を作る側としては、味は二の次のイベントはちょっと気に障るが、文句をいう立場でもない。

会場では失敗するミス参加者の姿を笑う声が響く。やはり料理上手ばかりではないようだ。すでに作られたスイーツは審査員に配られていた。誰が作ったかわからないようにして、映像を見る前に採点は終わったようで、作る過程を見て真っ青になる審査員もいた。

審査員席には三人並んでいて、一人は楓の知る人物だった。

「……ねえ、あの教授、小麦アレルギー持ちなんだけど」

食堂にたまに来る教授だ。普段は弁当持参なのだが、忘れたとき食堂にやってくる。アレルギー物質が含まれているか、確認するので楓も何回かやり取りする間に覚えたのだ。米粉を提供してくれた人で、前に作ったロールケーキはとても気に入ってくれた。

「そうなんですか？」

「どれも選べないんじゃないかなあ」

と思いきや。

「でも佐藤さん、既成のスポンジは使わなかったみたいですね」

ちょうど映像に映し出されたのはボウルの中身を一生懸命しゃもじでこねる秋桜の姿だった。使う材料はきな粉や抹茶、餡《あん》こなど和風の食材だ。

「くず餅《もち》を作るとはびっくりしました」

キッチンには、バラエティ番組に真似て、実際お菓子作りに使うのか怪しい食材も用意されていた。醤油《しょうゆ》やソースなども置いてある。

「片栗粉か」

楓が教えたことを覚えていたらしい。教えても作ることはないと思っていたので、意外だった。電子レンジで加熱して作ったようだ。

「でも、もう一人、和風で攻めていた人がいたのでどっちが選ばれるんでしょうね」

朝生の一言に楓はドキドキする。

「スイーツ得点、観客票、あと審査員票の総合計で結果が出ます。なにかしらの結果で順位が入れ替わる可能性は無きにしもあらずですけど」

楓は首を傾げながら会場を見る。

「でも、一位の人すごく手際いいね」

ネット投票で一位になった人は、パンケーキを焼いている。リコッタチーズを入れたもので、ヨーグルトとはまた違ったもっちり感が美味《おい》しい。あの材料の中で選ぶとはなかなかやる。

「どうでしょうか」

朝生はスマートフォンを楓の前に持ってきた。通信アプリのグループ画面のようだが。

「なにこれ？」

そこにはネットスラングを交えて、一位の人をやり玉にあげてあった。タイトルは『不正疑惑!? 今年のミスは誰だ？』とある。

「メンバーは理学部の学生が三十名ほど。ただ、他にもいくつかグループまたは掲示板が立っているようです」

朝生はパソコンを持ち出すと、レトロな掲示板を見せる。形式こそ違うもののこちらも通信アプリと似たような内容だった。

「こちらを利用しているのは、大学OBが多いようで。ミスコンに対して思い入れがある人たちは、わざわざ学園祭に来ているそうですよ」

確かに観客席には一般入場の人たちも交じっていた。

「なんでまた、一位の人だけこんなに文句言われているわけ？」

ちらほらと他の参加者の名前も出ている。『ブス』とか言われている言葉を見つけて、パソコン画面を割りたくなったが、それでも割合から考えると少ないほうだ。

「ええ、炎上していますね。人気者ならアンチもつくのはおかしくないのですが」

「どうしたの？」

「いえね、今回はどうにもおかしな点が多かったんですよ。今回ネット投票については僕がバイトに選ばれましたが、昨年は電子情報研究会に頼んでいたそうです。映像研の中に掛け持ちの人がいたので、話が聞けたのですけど、昨年も不正があったとか。今回と同じパターンで、昨年は不正をしたと疑われた参加者は予選落ちしていますけどね」

朝生はもの言いたげにステージを見る。スイーツの品評会は終わって、ゲストのトークが始まっていた。最近テレビに出始めた若手芸人コンビらしいが、楓はあまり興味がない。

観客席の周りには投票箱を持った実行委員会のメンバーがいる。

「集めたらすぐに開票しなくてはいけないので大変ですよ」

会長も体育館の入口のところでそわそわしていた。司会は別の人に頼んでいるので、完全に裏方だ。

「さてと」

朝生が何かを思いついたように動き出す。

「どうしたの？」

「楓さんはここにいて構いませんよ。ちょっと、ネット掲示板で気になることが書いてあったので確かめたいと思いまして」

「いや、気になるんですけど」

楓は朝生の服を引っ張り、ぐっと見つめる。折れたのは朝生のほうだ。

「できれば他言無用で。黙って後ろから見ていることを条件についてきてくれますか？」

人差し指を唇に当てて、妙に可愛らしい仕草で朝生は言った。

「お忙しそうですね？」

朝生が話しかけた相手は、眼鏡の会長さんだ。体育館の入口でそわそわと周りを見ている。楓は朝生に言われたとおり、少し離れたところで傍観だ。

「まだ、今は大丈夫だよ。これから投票が始まると、目が回るけどね」

「そうですね。イベントが急遽《きゅうきょ》変更されたせいですよね。本当なら開票時間にゲストトークが入っていたのでしょうけど」

「若手とはいえ、芸能人呼ぶともなれば、ギャラがかかるからね」

世知辛い話をして、笑う会長。朝生も同じく笑いを浮かべるのだが、笑いながらぴらぴらと紙をちらつかせる。

「なんだい、それ？」

「ああ、投票用紙みたいですね。さっき舞台裏近くに落ちていたんですよ、しかも三枚も。投票しようとして落としたんでしょうか？　三枚とも同じ名前が書かれてあるので、無効票なら困りますよね」

ぴくりと会長が動いた。

「ちょっと確認させてもらえるかい？」

　会長は、体育館の本館から出てエントランスに移動する。楓はどうしようかな、と思ったがそっと裏に回った。なんとなく朝生の雰囲気がおかしいと思ったからだ。

（絶対、何か企《たくら》んでる）

　エントランスは鉄扉一枚挟んだだけで、会場の音をシャットアウトしてくれる。朝生は穏やかな顔のまま、扉を閉める。

「会長、これを渡す前に一つ確認してもよろしいですか？」

「なんだい？」

「なんで、今年は実行委員会の経験者は会長一人なのかなと思いまして」

「別に毎年同じ人間がする必要はないだろう？　未経験者だけでやるのは、難しい。だから、僕が今回会長なんてガラにもないことをやっているわけだ」

　朝生は首を傾げて見せる。

「他になにか？」

「はい、あと、ネットの管理になぜわざわざ部外者の僕を選んだのか、本来ならいつも頼んでいる相手がいたはずですよね」

「なぜと言われてもたまたまだよ。昨年の実行委員会の人間は電子研と仲がいい人物が多かったからね。今年は、僕しか残っていないし、あまり交友関係が広いわけでもなかった。だから、ちょうどいい人物がいないかと聞いて、箕輪くんに紹介されたのが君だよ」

「ほうほう、わざわざバイト代まで払ってですか。電子研ならよしみで、タダでやってくれそうなものなのに」

「お金を払ったほうが早いときもあるだろ」

会長の言い分もわからなくもない。だが、朝生はあくまで自信たっぷりだ。

「そうですね。電子研のかたも言っていましたよ。『偉そうに毎年ただ働きさせやがって。あいつら学校辞めて清々したわ』だそうです」

朝生が笑う。映像研と掛け持ちをしていた人の証言だろうか。不穏な言葉が聞けた。

「皆、辞めていたみたいですね。会長以外の実行委員会のメンバー」

「そ、それは、僕には関係ないことだろう。彼らとは、委員会以外では会わなかったから」

「会わなかった？　ええ、合わなかったんでしょうね。だから、あなたは退学を免れた」

「何が言いたい！　早く、投票用紙を渡してくれ！」

朝生は持っていた投票用紙をぴらりと会長に見せる。

「すみません、嘘つきました。投票用紙なんて落ちていません。これは、昨年、複数アカを使って投票していたとされるＩＰアドレスのコピーです」

朝生はもう一枚紙を取り出して並べる。

「今年の不正票のアドレスといくつか一致します」

朝生は首を傾げてにやりと笑う。

「どういうことでしょうか？　これも聞きたいです」

楓はネットのことは良くわからない。ただ、今年と昨年で同じアドレスがあったということは同一人物が不正しているということだろうか。

「普通、不正をするというのは、票が欲しいためにやるものだと思いますけど、今年の場合は違ったのではないですかね。相手を落とすためにやった。そのため、昨年と同じ電研に頼むわけにはいかなかった」

楓は首を傾げる。話の文脈を読むと、今年、一位の人を不正で落とすためにあえて不正票を入れたというのならわかる。だが、昨年と同じアドレスということは……。

「昨年は不正によって予選で落とされたミス候補、今年はファイナリストに入っています」

もしかして、その落とされたミス候補が足を引っ張るために、わざと一位の人に入れたというのだろうか。

「そのファイナリストのことを知っているのは、昨年も実行委員をしていたあなたと、電子研のメンバーです」

朝生は楓の想像を肯定するように、ぴしりと会長に言った。しかし、会長は呆《あき》れたように息を吐く。

「……なんのことを言っているのか。とりあえず、ゲストトークも終わる。あんまり長話に付き合っている暇はないんだよ」

それに、と。

「もし、君が不正を疑い、しかも僕が関わっているというのであれば、その明確な証拠を出すべきだろう」

会長は毅然《きぜん》とした態度で、朝生に言った。

(大丈夫なの?)

朝生の言っていることは、会長の言う通り憶測だ。

「証拠ですか」

朝生は首を振る。

「今現在、そんなものはありません。あるとすれば、会長がどこかに隠しているすり替え用の投票用紙を見つけ出せば、物的証拠として十分ですが、そこまで予測はついていません。ですが——」

朝生は、重い鉄の扉を開く。本館ではステージに上がるミス候補たちに拍手が送られている。これから、自己PRが始まるのだろう。

「あなたが肩入れしているミス候補は誰かわかっています。それを皆に公表してもいいのでしょうか？」

主催者が肩入れした候補がわかったら、その時点で失格だろう。

会長は肩を落とした。ゆっくりと額に手をやり、うつむく。

「……やめてくれ。今年もまた彼女の夢を潰《つぶ》すのはやめてくれ」

「だからと言って、競争相手の夢を潰そうとするのはどうかと思います」

と、言いつつも、朝生はゆっくり本館の中に入っていく。

「ただ、この場でさらし者にするのも品がないです。後始末はちゃんとつけてください」

座り込んだ会長は何をすればいいのかわからないようだ。朝生の表情を窺《うかが》っている。

「あなたもこちらで見てはどうですか？　参加者の姿を最後まで見守るのが仕事ではないのですか？」

朝生の言葉通り、会長はステージを見る。誰が会長の言う『彼女』なのか、今は追及すべきことではなかろう。

キィンと響くマイクの音はお約束なのだろうか。楓は耳を押さえつつステージを見る。

「ええっと、佐藤さんの出番は四番目でしたね」

「うん」

順番はネット投票に左右される。最初に二位の人、次に三位、四位、五位となってラストに一位が来る。

「朝生くん、秋桜の小道具は？」

「もう流す映像はあちらに渡していますよ。今更、妨害なんて真似はないでしょうから」

朝生は会長にちくりと刺さるように言った。自業自得とはいえ、会長の身体はさらにやせ細って見えた。

八分間の自己PR時間は短い。いかに観客に印象を与えるかが勝負だ。

「はい、楓さん。ここからだと見えづらいでしょう」

朝生がオペラグラスを楓に渡す。ちゃんと二人分準備している。

「……ねえ、どこから出すの？」

「やだなあ。デブの七不思議ですよ」

意味が分からない。ただ、オペラグラスはしっかり使わせてもらう。

今、二位の人はリボンを持って新体操を披露している。膝上《ひざうえ》のフェミニンなスカートとブラウス、狙いすぎているようでぎりぎり狙っていないファッションになっているのは素材がいいからだろう。ふわりと浮かぶスカートに観客がざわめくが、ぎりぎりで見えない仕様になっている。楓は下にスパッツを穿《は》いていることは控室で見て知っていた。だが、見えるか見えないかきわどく、これを狙ってスカート丈を計算したなと楓は同性なら察することができるあざとさに気付いた。

「やるわー」

さすが二位といったところか。

「ええっと、裏情報ですが二位のかたはテレビ局のアナウンサー志望みたいですね」

朝生がまたもやどこからともなく取り出した冊子を開きながら言った。冊子にはファイナリストの写真とプロフィールが書かれている。

「それなに？」

「パンフです、もらいました。でも、投票券はついていません」

「投票券？　ああ、さっきの！」

「はい。ここのミスコンは、パンフレットを買うと投票できる仕組みになっています。一冊五百円でこの会場の人数を察してください」

なるほどと楓は手を打つ。五百円で千冊売れば収益は五十万になる。学校側の施設を借りるのでさほど高額にはならないがそれでも経費は掛かる。あと、無料で投票すれば、組織票を入れやすくなる。金をとることは間違いではない。

「もっと大きなお金が動いてると思ってた」

「一応、スポンサーはついています。お金なんて、見えないところで動くものですよ。ミスコンといえば男性が女性を選ぶと思いがちですが、方法としては誰でもお金を払えば投票できるようになっているんですよね」

会長に聞けば、もっと詳しくわかるだろうが、今、彼はそんな状態ではない。ただ、ステージに目が釘付け《くぎづ》けになっている。会場の人を見たら確かに男性が多いが、女性も見える。比率としては七対三ほどだろうか。

「投票する男女比は八対二ってところですね」

話しているうちに、三位の人のPRまで終わっていた。三位の人は、バレエを見せていたが、コスチュームに着替えていたので逆にチラリズムがまったくなかった。小道具もなく、悪くなかったと思うが、順番を考えると失敗に見える。

(秋桜は何するんだろ)

彼女にはこれといって特技はなかった気がする。ミスコンに出る人って誰もがハイソな人たちなのか、妙に目立つ習い事をしている場合が多い。四位は日本舞踊とのことだが、動きが緩慢な分、三位よりもさらに目立たない。

（むしろ、あれだけ派手なのやられたら、後が続かんわ）

これはもう順番を恨むしかない。いくら美味《おい》しい繊細な料理を作っても、先にこってりした味付けの物を出されたら味がわからなくなる。お寿司《すし》にガリがあるのは、前の味をリセットさせるためなのだが、ミスコンにガリなんてない。余興につまらない素人漫才でもいれろよ、と楓は身内びいきで歯ぎしりする。

和風の音響が終わり、四位の人がとぼとぼとステージを降りている気がした。秋桜が緊張した面持ちでステージに上がっていく。

衣装はちょっといいデザインの服、ブランド品で固めるのではなくところどころに織り込むのはセンスがいい。手が届かない美人というより、等身大の美人だ。ステージに秋桜が上がるとともに、BGMが流れる。司会が秋桜にマイクを渡す。軽いトークは一分ほど、それから特技披露が入るのだが。

「楓さん」

「何？」

「先ほどの四位のかた、妙に動きが悪かったようですが、理由はわかりますか？」

理由と言われても、うまく自己PRできなかったからだろうに。

「実は、ステージ前にいる男性、四位の方の元カレなんですよ」

「しかもミスコンに出るからって別れたという。アイドルは交際禁止のなんたらですよ」

そんな元カレがステージ前の一番いい席に座っていたら、そりゃあもう落ち着かないはずだ。まともにPRなんてできない。

「……それ、なんで知ってるの？」

「企業秘密です。ただ、ステージの各所に注意人物がいますね。会長は自分がしたこと、見逃してきたことはちゃんと受け止めてください」

「……わかっている」

すっかり意気消沈している会長。

楓はなんとなくミス候補への嫌がらせは、会長がやらかしたこととは思わなかった。朝生が『見逃した』といったのだから、彼が肩入れしているミス候補がやったのだろうか。

「楓さん、ステージ前を見てください」

朝生が言うので、楓は観客席を見る。なにやらざわついている。

「佐藤さんは中学時代の写真で脅されていました。揺さ振るとすれば、今こそ使い時、ではないでしょうか」

「……マジで？」

楓は騒いでいた前列の観客を見る。写真を持って、あざ笑うように秋桜を見ている。

「何よあれ！」

楓は思わず観客席に乗り込もうとするが、朝生に手首を掴《つか》まれた。

「楓さん、佐藤さんは重々承知ですよ。むしろ、たくましい性格をしていますね」

朝生は楓を掴んだまま、ステージ上を確認する。秋桜がにっこりと笑いながら手を上げた。音楽が切り替わるとともに、スクリーンに写真が映しだされる。映像を見て楓は真っ青になった。セーラー服に吹き出物、髪は脂っぽくぼさぼさで体重も今の四割増しはあろうかという秋桜の中学時代の写真だった。

「ど、どういう!?」

楓はパソコンで画像を編集するようにと朝生に頼んだが、どんな写真か知らされていない。これはどういうことだ。

「楓さん、大人しくしてください」

「あ、朝生くん！」

「だから、大丈夫です。ほら」

朝生はステージをまた指す。突如現れた秋桜の中学時代の写真に会場内はどよめいていた。どよめきの中には嘲笑《ちょうしょう》が混じっている気がする。秋桜は大丈夫なのか、楓がそっとのぞき込むと、またマイクのキーンという耳障りな音がした。

『今、スクリーンに映っているのは、美容も健康も気にせず、ただむさぼるだけむさぼっていた中学時代の私です。成長期にはダイエットなんてしなくていい、と言いますが私はこの頃はっきり医者に肥満と言われているレベルでした』

にっこりと笑いながら秋桜は言った。隣にいる司会は目をぱちぱちさせている。

『食生活は炭水化物、脂ものが大好き、ご飯の代わりにスナック菓子とジャンクフードばかり食べて、尚且《なお》つ体育の授業以外動くことは最低限。洗顔もまともにしないものだから、この通りニキビだらけ』

誰にも見せたくないような過去だと思っていたが、秋桜の口調は存外軽かった。独特のリズムがある口調は妙に引き込まれる。

『中学の時、私に対して野菜を食べろだの、脂ものを減らせなんてうるさく言うクラスの子がいたんです、本当にうざくて、友だちじゃなくただクラスが同じ、それだけっていう』

（なにそれ、ぐさっと来るんですけど）

誰のことか明白だった。思わず唇を尖《とが》らせてしまう。

『彼女はちゃんとご飯を作ってくれる親がいた。私の親は共働きでお金だけ渡されて、いつも私はジャンクフードを食べていました。立場が違うんだ、放っておいてくれって、口で言うだけなら誰でもできる。でも、彼女が何をしたかといえば、お弁当を作ってくれたんです。飽きもせず』

最初、全く食べてくれなかった。とても苦労したことを思い出す。

スクリーンの写真が切り替わる。ほんの少しだけ痩《や》せてニキビが減った秋桜に変わる。

『ずっとお弁当は、彼女の親が作ってくれたと思ってたんですけど、気付いたんですよね。ピーマンが嫌いだって言ったら、次はピーマンが細かくわからないレベルになるまで刻んでハンバーグに入ってたり、少しでも食べた野菜を入れてくれてたり。他所《よそ》の家の子に普通そこまでしないよなって、思ってたんですけど』

材料は一杯あるけど、さすがに父はそこまでやってくれない。一日ならいいが、毎日になると別だ。少しずつ食べてくれるようになって、ニキビと体重が減ってきた。それからアレルギーのことがわかって、小麦粉製品を食べなくなったらどんどん綺麗《きれい》になっていった。体格が小さくなると服の種類も増える。今まで食べ物だけに当てていたお小遣いを服に当てるようになる。

スクリーンはこうして、どんどん綺麗になっていく秋桜を映していく。最初はあざ笑うかのようだった観客も、秋桜の話と写真のスライドショーを食い入るように見ている。

『こうして、私は今、この場に立つことができました。とても感謝したいと思います』

少し尻切《しりき》れになった気もするが、秋桜はやりきったとにっこり笑みを浮かべる。

「こんな方法を考えるとは最初言われたとき驚きましたよ」

朝生がずっと作っていたスライドショーはこれだった。短時間でよく作り上げたと思う。

「これなら妨害工作なんてまったく意味がない。どなたかが悔しがるでしょうねえ」

司会が秋桜と二、三話して、秋桜はステージを降りる。降りる際の拍手は、今までで一番大きかった気がした。

「ねえ、もしかして、もしかしない？」

オペラグラスをもてあそぶ朝生に楓が問いかける。

「どうでしょうねえ。一位は圧倒的人気ですから」

朝生はもの言いたげにステージに上がる一位の女性を見た。さらりとしたロングヘアがスポットライトに照らされる。キラキラとエンジェルリングが浮かび上がり、簡素なワンピースが素材の良さを引き出してくれる。ただ、その場にいるだけで圧倒される雰囲気だ。

スター性というのは生まれ持っているのだろうか。秋桜が流れを変えたかと思ったが、何食わぬ顔でステージへと立ち、マイク無しにいきなり歌いだした。司会もびっくりしている。

(芸能人になればいいのに、なんでこんな人が普通に大学に通っているのだろうか)

などと思ってしまったが、芸能人になるためにスキル全振りしてしまえば、芸能界で生き残れなかったとき悲しいことになる。ごく普通に学校を出るほうが正しいと判断したのだろう。

　しかし、どこかで見たことがある顔だ。どこだろうか、と実物を見て思い出す。

（学生課でストーカーの相談してた人だ）

　美人は大変だと横目で見ていた。

「スター性がやっぱり違いますよね。出来レースとか以前の問題だ」

　朝生もアカペラに聞き入りながら、頷《うなず》いている。音楽にも多少通じている朝生が満足するだけの歌唱力だ。客席も興奮し、ステージに飛びださんばかりの勢いだ。

（あれ？）

　なんだか様子がおかしい。楓はオペラグラスを下ろして首を傾げる。

「……僕としたことが」

　朝生が引きつった顔をしていた。彼のこんな表情は珍しい。まじまじ観察する前に、朝生は走っていた。

「えっ？　何」

　楓は意味がわからずとりあえず朝生を追いかける。会長が呆《ほう》けているが知ったことではない。走るうちに、ステージ側から叫び声が聞こえた。観客席を突っ切るように朝生が向かったステージには、乱入者が上がっていた。その手には果物ナイフが握られている。

「あ、姐《あね》さん」

狼狽《うろた》えているのは箕輪くんだった。でかい図体《ずうたい》は、易々と乱入者を招き入れたようだ。

「誰が、姐だ！」

楓は八つ当たり気味に箕輪くんを叩《たた》く。

「ちゃんとやることやんなさい！」

（この役立たずめ！）

ステージで震えて座り込んでいるのは、一位の人だ。ワンピースの袖《そで》に切れ目が入っている。むき出しになった白い肌にはうっすら赤い線が浮いていた。

「き、君が悪いんだ。俺がいながら……、なんでまた、そんな見世物みたいに歌って……、ねえ、俺のどこがストーカーなわけ、ねえ？」

しどろもどろに言い寄る男に、顔を引きつらせる一位。男の顔は常軌を逸していた。カチカチと歯を鳴らし、ぶらんぶらんと果物ナイフを揺らしている。

ゆっくり近づく男、座り込みながら後ずさる女性。すぐにでも助けてやりたい。でも、凶器を持っている相手に簡単には近づけない。誰も、何かしようにも出来ない。

そんな中、耳が痛くなるようなキーンという音が響いた。

(なんでこんな時に)

マイクの音かと思ったが、やたら音が大きい。思わず耳を塞《ふさ》ぎたくなる、その瞬間。巨体が弾丸のようにステージに上がった。皆が暴漢にすくみ、暴漢は耳に響く音に片耳を押さえていた。何が起きたのか、ほんの一瞬のことでその場にいたほとんどの人が「あっ」と口にする間もなかっただろう。

巨軀《きょく》は暴漢のナイフを叩いた。手ぶらになったストーカーの手は巨体によって掴まれていた。シャツをわしづかみにされ、懐に入られたストーカーはくるりと身体が巨体に転がされた。くるくる舞ったナイフが誰もいない床に突き刺さるのと、ストーカー男が泡を吹いて気絶するのはほぼ同時だった。

言うまでもなく巨体は朝生であり、シャツの襟を正していた。一仕事終えましたと朝生が額をぬぐう。きらりと何かが光った気がした。眼鏡はいつのまにか取っていた。最近、少し肉が落ちていたようなので、目がくっきりと見える。

何故か朝生と倒れた暴漢にスポットライトが当たる。誰だよ、とライトを動かすほうを見たら、箕輪くんが楓に向かって親指を立てていた。やることやれ、と言ったが、こんなことやれ、とは言っていない。間違っている。

朝生は暴漢が無力化したことを確認するとステージを降りる。観客席から大歓声が聞こえる。スポットライトが朝生の背中を追う。一位の人が頰を染めて、朝生を熱い視線で見ている。何故かBGMまで加わった。

（……なんだよ、これ）

歓声やまず。ただ、わかるのは今がミスコンの中で一番盛り上がっていることだった。芸能人のゲストトークより、秋桜の自己PRより、一位のアカペラより、誰よりも会場の空気が熱くなっていた。

完全に朝生が主役になっていた。

終

「私、すっごく頑張ったと思わない？」

目をキラキラさせてカウンターをばんばん叩くのは、秋桜《こすもす》だった。手に持っているのは、大学の広報で、カラー写真で着飾ったミス候補たちが載っていた。学園祭のことが書かれた号外が作られたらしく、秋桜は権限で配布前に一枚貰《もら》えたようだ。

場所は食堂、楓は制服に三角巾《さんかくきん》をつけて業務中だ。学園祭も終わり、学生の数はさらに減った。明日から楓も盆休みに入るので、今日は片付けばかりしている。本来なら食堂もしめているのだが、秋桜が勝手に入ってきた。よほどうれしかったらしい。

ミスコンは大混乱のまま終わった。ステージにいたのは一位の人の自称恋人、通称ストーカーで暴漢だった。楓はもう少し早く走っていればと思ったが、全力疾走で修羅場に向かった朝生《あそう》が解決するまで何分要したのか、あまりにスピード解決だった。

そして、審査結果は後日ということになり、ミスコンの後行われるはずだったミスターコンは無くなったはずだったが。

ミスコンはちゃんと取り換えた投票用紙と入れ替えて終わった。正しい結果を見て驚いたのは、写真のミスキャンパスの横に立つのは秋桜だった。首にはちっちゃな花輪がかけてある。二位、まさかの大健闘だった。秋桜がご機嫌にやってきた理由はこれだ。

「ねえ、あの大きな人、楓の知り合いのあの人」

秋桜が目を輝かせながら、楓に詰め寄った。

「それがどうしたの？」

あの大きな人と言ったら、朝生しかいないだろう。なぜ、そんなことを聞くかと言えば。

「ほれ」

号外の裏側、そこに大きく背負い投げを決める巨漢の姿があった。最前席で撮った写真だろうか、背景がぼやけているのにちゃんと被写体はくっきり写っている。あの場面でよくシャッターが切れたものだと感心しつつ、横に書いてある見出しに吹いた。

『今年のミスターキャンパス、朝生雪人《ゆきひと》』

（参加してたんだった！）

ミスターキャンパスもしっかり行われていたらしい。地味ながらも、後からやっちゃってたらしい。

「楓、鼻水出てるけど、ここの食堂衛生管理大丈夫？」

楓は慌ててティッシュで鼻と口を拭《ふ》き、ここぞとばかりに手を洗って、アルコールで殺菌して見せた。

「ちゃんと綺麗《きれい》にしてます」

これ見よがしに見せつけていると、秋桜は笑いながら食堂を出て行った。

楓はふうっと息を吐きつつ、昔の彼女を思い出して笑った。あの中学時代の写真を公開したのは、プラスだったらしい。号外には女性票を多く獲得と書いてある。

（だよね）

応援したくなる。これからもっときれいになると楓は思っている。前向きに、理想に突き進む女の子って可愛いなあと思いつつ、そっと楓は後ろを振り向いた。

巨体、やや夏バテ気味の身体はどこに収まっていたのであろうか、壁と壁の隙間から這《は》い出てきた。

「朝生くん、人気ねえ」

にやにやと笑いながら楓が言った。

「他人事《ひとごと》だと思って」

朝生は実はずっと食堂にいたが、誰か来たということで隠れていたのだ。朝生は、学園祭からさらに有名人になり、特にファイナリストの前ではいいところを見せつけすぎてしまった。笑えることに、今年のミスに告白されるというありえない事態になったそうだ。

朝生は「これからのことを考えると、今のはなかったことにしてください」と遠まわしに断ったらしいが、あろうことか箕輪くんに見つかったらしい。

というわけで懐かしい追いかけっこがまた始まったとのことだ。

楓は呆《あき》れつつ、号外をちらちらと見せつける。

「おうおうよく言うわ、このミスターキャンパス」

「からかわないでください」

口をとがらせる朝生はやはり、少し体重が落ちているようだ。

ミスコンでは大立ち回りをするし、それ以前にも色々調べていたようだが、楓はまだ全部を教えてもらったわけじゃない。

「ねえ、結局、会長が庇《かば》っていた相手って誰なの？」

朝生は一瞬遠い目をして、頬をかいた。

「二位の人覚えています？」

「あざとい自己PRした人？」

スカートの中が見えるか見えないかきわどい新体操を披露した人だ。

「ええ、ついでに言えば、スイーツ対決のとき、もう一人和風でせめた人であり、急にスイーツ対決が決まったのも、会長に彼女が提案したんです。ドレスが破かれたのは自作自

「演でした」

「なんでまた、ややこしいことを」

「昨年、自分がネット投票で負けたこと、それを利用して上を引きずり降ろそうとして失敗した。だからじゃないでしょうか」

なるほど、と楓はテーブルをふきんで拭きながら頷《うなず》いた。朝生にはいつまでも厨房《ちゅうぼう》にいられると困るので、一番近いテーブルについてもらっている。

「でも不思議なのよね。会長はなんだかんだで真面目そうに見えたけど、どういう繋《つな》がりがあって？　不正するほど仲が良かったわけ？」

「それは昨年、大学を辞めた実行委員会の面々が関わっていることだと思いますよ」

朝生は遠い目をした。

「どうしてもミスコンに出たかった二位の方、昨年もネットでの不正票の他に何かしていたとすれば？　その時、実行委員に対して何か持ち掛けていたなら？」

朝生はそれ以上言いにくそうだった。よく売れないアイドルが接待やらなんやらするという都市伝説を思い出す。二位の人は、アナウンサー志望だったし、似たようなことはミスコンでもないとは言い切れない。

「ええっと、二位の人は食いものにされた挙句、ネット投票の時点で落とされたわけか」

「退学になった昨年の実行委員会のメンバーは、退学の理由は明らかにされていませんが、婦女子に対して不埒《ふらち》なことをしたのだという噂でした」

ミスコンという餌をちらつかせたとすれば性質《たち》が悪い。

「じゃあ会長は？」

「そういう面々の集まりでしたから、事務処理など面倒なことはしたくなかったのでしょう。だから、会長が誘われたわけです」

つまり、会長は仕事を押し付けられるだけ押し付けられた損な人だったわけだ。ゆえに、一緒に退学になることはなかったが、裏事情をいくらか知っていたのだろう。

「昨年のことで二位のかたに泣き落としされたら、断れなかったのでしょうね」

会長としては罪滅ぼしのつもりだった。結局、それが弱みとなり、ひと様に顔向けできないことを重ねることになるとは。

(ある意味可哀想かな)

ちょっと同情するけど、庇うほどではない。しかるべき処分を彼は受けるべきだ。

「ある意味、罪が重かったのは、二位の方だと思いますよ」

ネットでの不正票、他参加者への嫌がらせに誹謗《ひぼう》中傷。これは他のファイナリストの元彼やストーカーをそそのかしたりとかなり悪質だ。結果、乱入者が出るという事件に至った。それに加えて――。

「点数を取るためには何でもする。審査員の教授がアレルギーだって知っていたからこそ、急きょスイーツ対決で点数稼ぎをしようとして、結局失敗しています」

「くず餅《もち》ね」

白玉あんみつを作ったらしいが、秋桜のくず餅のほうが好みだったらしい。これが幸いしたのかわからないが、秋桜は準ミスになった。実は審査員の残り二人も和菓子派だったという、この三票は大きい。自己PRも本来なら秋桜はもっと別の方法でやっていただろう。それだったら、今ほど票は獲得できなかったに違いない。ある意味、やらかした二位のおかげで秋桜は成功したのだ。

「悪いことは出来ないってね」

楓は笑いながら、冷蔵庫から大皿をいくつも取り出す。そして、朝生の前に並べていく。

「はい、今日、呼んだわけよ」

夏野菜のパスタ、海藻と魚介のサラダ、ミートローフ、豚肉のアスパラ巻き等々。ちょっと、カロリーが高いものも含まれているが仕方ない。

「これは？」

「残り物処分セール、でもちゃんと美味《おい》しく出来てるから。横領じゃないよ、ちゃんとメニューとしてのお金は払っているから安心して」

「お金ならちゃんと払いますよ」

朝生が財布を取り出そうとしたので、楓はずいっと顔を近づける。普段すまし顔の朝生の顔がみょうに緊張した気がした。楓がぎゅっと朝生の頬を両手に挟む。

「ええっと、楓さん何を……」

「今、体重何キロ？」

やはり頬の肉がそげているようだ。もちっとした触感が失われている。眼鏡をとると、前よりくっきりした目だ。

気まずそうに目をそらしながら朝生が言った。

「九十八キロです」

（マイナス十キロ!?）

今まで楓がどんなに苦労しても減るようには見えなかった朝生の体重、それがこの短期間で十キロも減ったことに驚きだった。

楓は目を細める。何なのだ。作ったおかずはいつも通りのようだ。夏野菜をたくさん入れたからよかったのか。それとも、夏バテか。いや、おかずは残していなかった。もしかして、作り置きの食事が多くておかずが傷んでいたのでは。

「なんで痩《や》せたの？」

楓が目を細めながら朝生に言う。朝生は無言のまま、代わりにぎゅるるるるっという特大のお腹の音で返事した。

「お腹が空《す》きました」

「いや、なんで痩せたの？　もしかして、体調崩した？　それとも傷んでた？」

「体調は崩していませんし、おかずはどれも美味しかったです。海老《えび》が入ったカレーはまた食べたいです」

「じゃあどうして」

またぎゅるるるるっと腹の音が鳴り響く。

楓は朝生から手を離し、炊飯器からご飯をよそって持ってくる。

「ほら、ご飯」

「楓さん、僕に痩せろと言う割に、なんで痩せたことを怒っているんですか？」

「怒ってない」

食事は健康的に、無理な痩せ方ならダメだと楓は思うからだ。

朝生は手を合わせ「いただきます」をすると、ご飯をパクリと口に含む。お腹が空いていてもがっつくような品のない食べ方はしない。ただ、その箸《はし》さばきは異様なほど高速だ。

「昔を思い出しましたよ。僕がまだ病弱だった頃」

「あの時は、まったく食べなくて逆に困ってたんだけどね」

楓がご飯を残そうとする朝生に対し、食べろ食べろと食べるまで見張っていた。今、思えばある意味いじめじゃないかと反省する。

「あの頃は、ご飯が美味しくなかったんですよ。一人でやたら広いお座敷にいて、ご飯を食べるにも順番があるから、それを外さないようにと考えると、気が滅入《めい》ってしまって」

「そんなの無視すればよかったのに」

「出来ないような子どもだったんです」

朝生の丼ぶりが空になった。楓はまたご飯をよそってやる。今日は、サービスで四合炊いてあげた。うん、後悔はない。今回だけ、今回だけだ。

「ご飯が美味しいと思うことは滅多になくて、楓さんのところで食べる食事は美味しかった」

「はいはい、うちのお父さんのご飯は最高ですから」

「楓さんのご飯も最高ですよ」

楓はにいっと口を歪《ゆが》め、朝生のおでこに軽くデコピンを入れる。

「いたっ」

「嘘じゃありませんよ、楓さんがご飯を作って一緒に食べてくれるだけで、本当に食欲がわいてくるんですから」

「はいはい」

（一緒に？）

ご飯は誰かと食べるほうが楽しいのでそれは当たり前だろうが、朝生は特殊な環境にいたので、ちとその気持ちが一入《ひとしお》なのだろう。

「美味しいです、この春巻き絶品なのでまた作ってください」

「うん、マーボー春雨巻いてみた。美味《うま》かろう」

残り物処分市なのでおかずはけっこう流用している。

「ポテトサラダをまた食べたいです。できれば、チーズも入れてほしいかと」

「サラダは了解、チーズはまあいいっか。玉ネギ入れるけどいいよね。今日はサービスしてやるぞ！」

最近、秋桜にかまいきりだったのでわがままにつきあってあげよう。このまま、体重が減ってくれることを願いながら、カロリーオフのマヨネーズを買い足さないとと買い物メモに足した。

「はい！」

朝生はたまにキョロキョロと周りを確認しながらご飯を食べている。箕輪くんを警戒しているのかもしれない。

「しかし、朝生くん追いかけまわしたところで、ミスキャンパスが彼女になるわけないのに、箕輪くんもわけわかんないわよね。しかしもったいないことをしたんじゃない？ミスター、ミスで案外お似合いだったかも」

「……楓さん」

朝生がやけににっこりと笑いつつ、眼鏡をはずし、手を伸ばした。何をするかと思えば、小学生の悪戯《いたずら》のように、結んだ髪を引っ張った。朝生の顔がぐんと楓の目の前に近づいた。

「へっ？」

大きな手が伸び、顎《あご》を摑《つか》むと親指が楓の頰を擦《さす》るように撫《な》でた。

「小麦粉ついていましたよ」

間近に近づいた顔は輪郭が見えず、響子似の目と口が意味深な笑みを作っていた。普段、顔を摑むことはあっても、摑まれることはないので驚いて心臓がはねた。

「夕飯も楽しみにしていますね」

やけにいい声が耳元で囁《ささや》く。朝生は髪の毛と顎を離すと、眼鏡をかけてまた食事を続けた。

楓は自分の頬が熱を持っていることに気が付くと、妙なくやしさがこみ上げてきた。だがそれを認めるのも腹立たしく、ぷるぷると震えつつ拳《こぶし》を握った。

（弟みたいなもんのクセに！）

妙に生意気に感じた。

「朝生くん、今日の夕飯はご飯一合ね」

「えっ⁉　いきなりなんですか！」

「いや、昼に四合は食べ過ぎだわ。調整しないと」

朝生は慌てたが、楓はそんなこと知らない。ただ、過剰にカロリーをやりすぎたと反省して、今日の夕飯をどう抑えるか献立を考えた。

あとがき

日向夏《ひゅうがなつ》です。富士見L文庫さんでは、初めて書かせていただきます。

まず、皆さん思っていることを想像しますね。「なぜ、百八キロにした？」ええ、もちろん、そんなの重々承知です。むしろ、「なぜ、プロット通った？」というのが私めの感想でございます。ええ、出したプロットが一つなら仕方ないと思います。二つなら、わからなくはない。でもね、言い訳させてください。私めは、一応六つ案を出しました。ちゃんとヒーローはすらりとした殿方をご用意しました。しかし、最終的に残ったのは彼、朝生《あそう》くんだったわけです。

頭の中の彼が「当然ですね」と語り掛ける中、私はただただ茫然《ぼうぜん》とし、「どげんしよか？」と頭を抱えたのでした。結果、ハイスペック巨漢というパワーワードに嘘偽りのないようにできたのが朝生くんです。ずいぶんイイ性格をした青年になってしまいました。彼のように生きていけたら、人生楽しいに違いありません。

百八キロなのに柳のようにしなやかに動く朝生くんとそれに振り回される楓《かえで》。二人のやりとりでクスリと笑っていただければ幸いです。

富士見L文庫

カロリーは引《ひ》いてください!
~学食《がくしょく》ガールと満腹男子《まんぷくだんし》~

日向夏《ひゅうがなつ》

2017年5月15日　初版発行
2024年12月5日　5版発行

発行者　山下直久
発　行　株式会社 KADOKAWA
〒102-8177　東京都千代田区富士見2-13-3
電話　0570-002-301(ナビダイヤル)

印刷所　株式会社 KADOKAWA
製本所　株式会社 KADOKAWA
装丁者　西村弘美

定価はカバーに表示してあります。

●お問い合わせ
https://www.kadokawa.co.jp/(「お問い合わせ」へお進みください)
※内容によっては、お答えできない場合があります。
※サポートは日本国内のみとさせていただきます。
※Japanese text only

ISBN 978-4-04-072286-3 C0193